魏晉篇

馬星原 圖　方舒眉 文

商務印書館

趣味學古文（魏晉篇）

作　　者：馬星原　方舒眉

漫畫設色：袁佳俊

責任編輯：鄒淑樺

封面設計：丁　意

出　　版：商務印書館（香港）有限公司

　　　　　香港筲箕灣耀興道 3 號東匯廣場 8 樓

　　　　　http://www.commercialpress.com.hk

發　　行：香港聯合書刊物流有限公司

　　　　　香港新界荃灣德士古道 220–248 號荃灣工業中心 16 樓

印　　刷：中華商務彩色印刷有限公司

　　　　　香港新界大埔汀麗路 36 號中華商務印刷大廈 14 字樓

版　　次：2023 年 4 月第 1 版第 3 次印刷

　　　　　© 2017 商務印書館（香港）有限公司

　　　　　ISBN 978 962 07 4554 6

　　　　　Printed in Hong Kong

目 錄

序言 葉玉樹 ………… ii

前言 方舒眉 ………… iii

1. 木蘭詩 ………… 1

2. 桃花源記 ………… 11

3. 短歌行 ………… 19

4. 飲馬長城窟行 ………… 25

5. 歸去來辭 並序 ………… 31

6. 贈白馬王彪 並序 ………… 41

7. 蘭亭集序 ………… 53

8. 飲酒（其五）………… 62

9. 詠荊軻 ………… 66

10. 與宋元思書 ………… 75

11. 謝太傅寒雪日內集 ………… 82

12. 管寧華歆共園中鋤菜（節錄）………… 86

13. 古詩十九首（選二）

行行重行行 ………… 90

迢迢牽牛星 ………… 96

14. 怨歌行 ………… 101

15. 陌上桑 ………… 105

16. 登樓賦 ………… 113

17. 陳情表 ………… 122

18. 出師表 ………… 133

附：十八篇古文經典 ………… 145

泛舟浩瀚書海　承傳古文之美

　　導讀之書，不求鞭辟入裏之理論闡發，不務廣大精微之學問追求。旨在以能如嚮導，透過交通工具，帶引有志於旅遊學問名勝之愛讀書人，登山臨水，尋幽探勝；漫步書山大路，泛舟浩瀚書海，無跋涉長途之苦，而有賞覽風光美景之樂。

　　馬星原與方舒眉伉儷合作編著之《趣味學古文‧魏晉篇》，所選之文章皆魏晉南北朝名篇；書中導讀文字，着重深入淺出，寓文意於鮮明有趣插圖中，內容有如文章嚮導，引領讀者悠然徜徉其中，而自得其樂。

　　馬方伉儷在推廣中國歷史與文學知識方面，一向致力於「文字與插圖並重」方式，引導愛讀書年青人，寓讀書於娛樂，啟發年青人喜愛中國歷史與文學，進而作更深入追求，情誠用心，不懈努力，精神可嘉，故樂為之序。

葉玉樹　謹誌

前聖方濟中學中文科老師及訓導主任

二零一七年三月八日清晨

我國文學瑰麗無比　古人智慧趣味傳承

在我的求學年代，小學已須讀古文。那時我和我的「同學仔」分成兩派，一派是怨聲載道，一派甘之如飴。而我屬於後者。

小時候不大懂得古文中的甚麼微言大義，只覺得古文音韻鏗鏘，用詞典雅，背起來也不覺困難。「怨聲載道」的一派當然不認同，只覺得古文讀來詰屈聱牙，用字又冷僻艱深，對其中文義不知所云！

中學時有幸遇上一位好老師，他就是今次為我寫序，廣受同學愛戴的葉玉樹老師。

葉老師教古文時，除了詳細解釋本文之外，更有很多典故趣事穿插其中，教書時又七情上面，手之舞之，足之蹈之，聽他講課，實在興味盎然。

到了大學時，因唸新聞系緣故，必須常常執筆寫文章，方知道多讀古文的好處，領悟到：若覺得古文枯燥，應不是古文本身，而是教的方法未能靈活變通引導。

有感於時下年青一代多視讀古文為畏途，故此嘗試以漫畫加導讀形式，讓學子可藉看圖知文意輕鬆學習。

環顧世界，並非每個國家，每個民族都有「古文」可供學習，身為中國人，慶幸傳承下來的文學瑰麗多姿，而古人智慧蘊藉宏富，大有勝於今人者，不好好學習，是莫大的損失。以古文導讀拋磚引玉，望能引起年青人讀古文興趣，盼識者不吝指正。

方舒眉

1 木蘭詩

佚 名

《木蘭詩》又稱《木蘭辭》，這篇古樂府五言長篇敍事詩，由來深入民間，廣受教與學者喜歡，由於文辭淺白、音調諧協，連小孩子也琅琅上口把詩唸完。有關作者卻不詳。現代學術界普遍認為《木蘭詩》是魏晉南北朝中北朝的民歌。

由此推論，木蘭應為北朝女子，而究竟是否真有其人？學者又多認為木蘭雖不知姓，然而應是實有其人，代父從軍亦實有其事，加上北朝尚武，女子也較多嫻習弓馬，巾幗不讓鬚眉並不罕有。

《木蘭詩》主要為敍述孝女代父從軍的傳奇故事，詩中記述木蘭從軍的緣起以及參軍前後的對比變化，以及衣錦還鄉的情形，在描述軍旅生涯和高奏凱歌勝利回歸時，融入思念父母家園的感情，以淺白的文字流露感人情意。

首段由「唧唧復唧唧，木蘭當戶織……願為市鞍馬，從此替爺征」說起，以平實文字毫不誇張地白描敍述，也反映了木蘭的沉實性格。

之後，逐段分述離家行軍，思念父母之情，又採用簡煉寫法，以「將軍百戰死，壯士十年歸」形容戰爭慘烈場面代替細節描寫。

第四段「歸來見天子」，以木蘭「願借明駝千里足」表達對回鄉的熱望。最末兩段寫到骨肉團聚，一家喜氣洋溢，木蘭回復女兒身，脫下戰袍，換回女兒服飾，整理鬢髻，對鏡貼上花黃妝飾，又以「雄兔腳撲朔，雌兔眼迷離」讚嘆木蘭喬裝之妙，也點出故事的喜劇性，戰場夥伴看見木蘭皆驚惶，因為同行十二年，「安能辨我是雌雄」，竟不知她是一位女郎呢！

唧唧復唧唧，木蘭當戶織。不聞機杼聲，惟聞女歎息。問女何所思，問女何所憶。「女亦無所思，女亦無所憶。

唧唧……唧唧……
木蘭在家中織布。

突然聽不到織布的機杼聲，只聽到女兒在歎息。

咔！

女兒啊！妳在思念些甚麼呀？

父親，女兒沒甚麼在思念的。

昨夜見軍帖，可汗大點兵。軍書十二卷，卷卷有爺名。阿爺無大兒，木蘭無長兄。願為市鞍馬，從此替爺征。」

昨夜看到徵兵的文書⋯⋯

知道君主正在大規模地召集兵丁。

父親你沒有大兒子，木蘭也沒有長兄⋯⋯

我願意去購買馬鞍和馬匹⋯⋯

從此代父從軍！

東市買駿馬，西市買鞍韉，南市買轡頭，北市買長鞭。

到東市去買一匹駿馬。

西市買一套馬鞍墊褥。

南市買一副「馬籠頭」。

再到北市買一條長鞭。

旦辭爺娘去，暮宿黃河邊；不聞爺娘喚女聲，但聞黃河流水鳴濺濺。旦辭黃河去，暮至黑山頭；不聞爺娘喚女聲，但聞燕山胡騎聲啾啾。

早上辭別了父母，晚上已在黃河邊上度宿。
聽不到父母呼喚的聲音！
只聽到黃河濺濺的流水聲。

早上離開黃河邊，晚上抵達黑山頭。
聽不到父母呼喚女兒的聲音，
只聽得燕山傳來胡人騎兵啾啾的叫聲。

萬里赴戎機，關山度若飛。朔氣傳金柝，寒光照鐵衣。將軍百戰死，壯士十年歸。

迢迢萬里奔赴戰場，
重重關山飛躍而過。

北方的寒風裏，傳來金柝的打更聲。星月寒光照在鐵甲戰衣之上。

幾許將士身經百戰而陣亡了，
也有壯士十年後凱旋歸來。

歸來見天子，天子坐明堂。策勳十二轉，賞賜百千彊。可汗問所欲，「木蘭不用尚書郎；願借明駝千里足，送兒還故鄉。」

歸來拜見君主，君主在殿堂論功行賞。

記功受爵，連加十二級；賞賜的金銀更在百、千之數上。

君主問木蘭有何要求？

木蘭不想在朝中做大官……

只想借得日行千里的駱駝，盡快送我返故鄉！

木蘭詩

爺娘聞女來，出郭相扶將。阿姊聞妹來，當戶理紅妝。小弟聞姊來，磨刀霍霍向豬羊。開我東閣門，坐我西閣牀；脫我戰時袍，著我舊時裳；當窗理雲鬢，對鏡帖花黃。

老父和娘親得悉女兒要回來了，互相扶持去城外迎接。

姊姊知道妹妹要回來了，忙着梳妝打扮；弟弟知道姊姊要回家，趕緊磨刀宰豬殺羊。

打開東間門，坐在西間的牀。脫去戰袍換上昔日衣裳。窗戶下整理如雲的鬢髮，對鏡把花黃（裝飾品）貼上。

出門看火伴，火伴皆驚惶：「同行十二年，不知木蘭是女郎！」雄兔腳撲朔，雌兔眼迷離；兩兔傍地走，安能辨我是雄雌？

出門見到同袍，他們都驚呆了！

一起生活了十二年，竟然不知道木蘭是女郎耶！

據說雄兔前腳時時作跳躍狀；雌兔則時時眯着眼。但當兩兔並着一起跑時，又如何能分辨出哪隻是雄？哪隻是雌？

雄兔腳撲朔，雌兔眼迷離。

「撲朔」是跳躍的動態；「迷離」是指瞇着眼。

據說，雄兔比較多跳躍的動作，而雌兔的眼睛常會瞇起來。

然而這些微小的分別，當牠們奔跑起來的時候：「兩兔傍地走，安能辨我是雄雌？」

雌雄兔的分別，真的是這樣嗎？實在不必深究。反正這兩句詩已成經典名句，成語「撲朔迷離」的出處也在此，形容事件錯綜複雜，難以明瞭真相。

2
桃 花 源 記

陶　潛

《桃花源記》，《陶淵明集》諸本作《桃花源記並詩》，或作《桃花源詩並記》。本篇只選錄文章部分。

陶淵明《桃花源記》，敍述武陵一位漁夫的見聞，沒有絲毫涉及神人家語；然而唐人則大多認為桃源為仙境。

也有後世之詩人學者認為「桃源」實有其事，實有其地。近人陳寅恪《桃花源旁證》以本篇為「記實之文」，認為陶淵明《桃花源記》中事情取材自義熙十三年，劉裕率師入關時戴延之所聞所見。

綜合而言，古今不少論者以「桃花源」一事為子虛烏有之事，乃淵明之寄託文章，其意在借此批評時局，以記述「避秦」、「隱居」而對桃花源這「世外桃源」之嚮往。

從《桃花源詩》：「嬴氏亂天紀，賢者避其世。」看來，可知為欲避政亂之意。晉安帝義熙末年，晉之衰世也。當時劉裕步步進迫，篡奪之意已成；是以陶淵明一方面拒絕朝廷徵聘，一方面抗拒劉裕，借詩文以宣示其無奈不滿之情。

本篇公認為千古絕妙之文，文筆線索緊密，脈絡清晰，且用字精練。

至於桃花源所在地之考證，歷來已爭論不休，其地點有好幾個，包括湖南常德桃花縣桃花源古鎮、湖南省靈寶市、江蘇連雲港，甚至湖北、江西、安徽和重慶也說當地是桃花源。

眾說紛紜，也許桃花源是在每一個人自己的心中。

桃花源記

晉太元中，武陵人，捕魚為業。緣溪行，忘路之遠近。忽逢桃花林，夾岸數百步，中無雜樹，芳草鮮美，落英繽紛，漁人甚異之。復前行，欲窮其林。

東晉太元年間，有武陵郡人，以捕魚為業。某日，他沿溪而行，忘記去了多遠……

忽見一桃花林，兩岸幾百步，無一雜樹，芳草鮮美，落英繽紛……

漁人甚感驚奇！於是再往前行，打算看看這桃花林的盡處。

林盡水源，便得一山。山有小口，彷彿若有光。便舍船，從口入。初極狹，才通人。復行數十步，豁然開朗，土地平曠，屋舍儼然，有良田、美池、桑、竹之屬，阡陌交通，雞犬相聞。

林盡水源，便得一山。山有小口，彷彿若有光。便舍（捨）船，從口入。

初極狹，僅容一人通過。

復行數十步，豁然開朗，土地平曠，屋舍排列整齊，有良田、美池、桑、竹子之屬，田園間小路縱橫，鄰舍雞犬之聲相聞。

桃花源記

其中注來種作，男女衣著，悉如外人。黃髮、垂髫，並怡然自樂。見漁人，乃大驚，問所從來。具答之。

其中往來耕作，男女衣着，像是外國人一般。

老人與小孩都怡然自樂。

見漁人，乃大驚，問從何來？漁人詳細回答。

哇！你從哪裏來的？

我是武陵漁夫，糊裡糊塗的經過一個桃花林，再穿過一個石洞就來到這裏……

便要還家，設酒、殺雞，作食。村中聞有此人，咸來問訊。自云：先世避秦時亂，率妻子邑人來此絕境，不復出焉；遂與外人間隔。問今是何世，乃不知有漢，無論魏、晉。

於是邀請漁夫回家，擺酒、殺雞來請客。

村中聞此人，都來打聽消息。他們自述情況。

我們祖先因為避秦國亂世，帶領妻兒同鄉到此與世隔絕之地，從此就沒有出去過。

從此與外面的人斷絕了來往。

他們問現在是甚麼朝代？竟不知有漢朝，更不用說魏和晉了。

漢

魏

晉

此人一一為具言所聞，皆歎惋。餘人各復延至其家，皆出酒食。停數日，辭去。此中人語云：「不足為外人道也。」既出，得其船，便扶向路，處處誌之。

……………
……………
……………

漁人把自己的所見所聞

一一告訴他們。

……
……

……
……

眾皆驚奇復感嘆！

……

餘人各自邀請漁人至其家，皆出酒食宴請。

漁人逗留數日後辭去。此中人向他說：

此間之事，不值得跟外邊的人說啊！

漁人既出，找到其船，沿路回去並處處作了標記。

及郡下，詣太守，說
如此。太守即遣人隨
其往，尋向所誌，遂
迷不復得路。
南陽劉子驥，高尚士
也，聞之，欣然規
往，未果。尋病終，
後遂無問津者。

回到郡裏，拜見太守，說
出到了桃花源的經過。

太守即遣人隨其
往，尋找先前的標
記，結果卻迷路
再也找不到。

南陽劉子驥，高尚之士也，得悉此事，
欣然策劃尋訪，可惜還未成行就病逝。
以後，再無問津者。

「黃髮、垂髫」

　　古人以頭髮的裝束和顏色來形容年齡，除了以上的黃髮、垂髫之外，還有總角、束髮和弱冠等。

　　垂髫是指三、四歲至八、九歲的兒童，頭上垂下的短髮。

　　八、九歲至十三、四歲的年紀，要將頭髮分左右梳起來，在頭頂各紮一個結，形如羊角故稱「總角」（成語總角之交就是指自少相識）。

　　十五歲後是「束髮」。

　　二十歲開始帶冠，是「弱冠」。

　　黃髮則是形容長壽的老人。老人初而白髮，白久則黃，因此是長壽的象徵。

3
短 歌 行

曹　操

　　曹操是漢末傑出政治家，也是一位有才情的文學家。他留下詩歌24首，全是樂府歌辭，《短歌行》正是其中一首。

　　源自詩經的四言詩發展到兩漢，逐漸走向僵化，但曹操以樸素自然的情韻，配合活潑通達的句法，興到意到，豪情勝慨的抒發胸襟，寫下此首傳世的樂府詩。

　　所謂「樂府」，是可以合著音樂傳唱的詩，全詩可分若干段落。

　　這首詩採用四言，共分四解。每一段落稱為「解」，「解」是指音樂曲調上的一個反復循環，四解之間，每一解都像重新開始，但其意思又互相照應或隔章承接，把四言詩斷續無跡的藝術魅力發揮到極致。

　　人生苦短是樂府和古詩中的重要主題。曹操藉《短歌行》慷慨沉鬱的詩文，表達此中感慨，在滿座嘉賓中，除了傾訴生命憂思，也表達求賢若渴，欲建立一番功業的政治家氣魄。

　　由「人生幾何」到「去日苦多」，他感念舊友恩情，青衿賢士，一直是他心裏所惦記的。

　　最後以月明星稀的夜景起興，借烏鵲繞樹三圈，還找不到可以信託的樹枝，比喻目下群雄並起，天下賢才尚未擇定明主的情勢，曹操借此直言自己具有接納人才的胸襟，並願仿效周公那樣禮賢下士，使天下歸心。

短歌行

對酒當歌，人生幾何？譬如朝露，去日苦多。慨當以慷，憂思難忘。何以解憂？唯有杜康。

對着美酒，應當高歌。
人生一世能有多長呢？

就像早晨露水般短促，
苦於逝去的日子太多。

慷慨高歌歌聲激昂，但難以忘掉潛藏的心事。

如何抒解憂思，唯有借助美酒了。

青青子衿，悠悠我心。但為君故，沉吟至今。呦呦鹿鳴，食野之苹。我有嘉賓，鼓瑟吹笙。

青衿賢士，是我心裏惦記的。

只為了你，使我一直低吟至今難以忘懷。

鹿兒發出呦呦之聲，因為吃到艾蒿而歡快。

我有滿堂嘉賓，奏樂設宴來款待你們。

明明如月，何時可掇？憂從中來，不可斷絕。越陌度阡，枉用相存。契闊談讌，心念舊恩。

憂從中來，不可斷絕。
你如明月高掛，我何時
才能得到呢？心中泛起
的憂傷，不可斷絕。

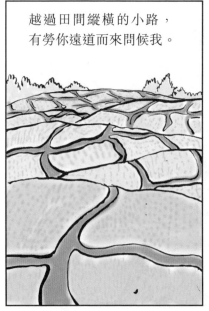

越過田間縱橫的小路，
有勞你遠道而來問候我。

我們暢談歡宴，
懷念舊日的恩情。

月明星稀，烏鵲南飛。繞樹三匝，何枝可依？山不厭高，海不厭深。周公吐哺，天下歸心。

月明星稀，
烏鵲南飛。
繞樹三匝，
何枝可依。

山不厭高，海不厭深。

我願仿效周公一飯三吐哺，禮賢下士，使天下人心歸附於我。

「杜康」

杜康，在古籍如《呂氏春秋》、《戰國策》、《說文解字》等書中都有記載，生於黃帝、夏禹、周朝、東周或漢朝的說法皆有，眾說紛紜。

除了本文，晉代江統在《酒誥》中的「酒之所興……一曰杜康」；蘇東坡的《止酒詩》「從今東坡室，不立杜康祀。」等皆有言「杜康」。

「杜康」身世撲朔迷離，但自古以來被稱作「釀酒始祖」，故「杜康」即是酒的代稱。

「呦呦鹿鳴」

源自《詩經・小雅・鹿鳴》首章，意思是指鹿得到艾蒿而快樂地呼叫同伴的呦呦聲。唐代的「鹿鳴宴」，是鄉試後為新科舉人所設的宴會。因宴席中要吟唱《詩經》的這首「鹿鳴詩」而始名之「鹿鳴宴」。明清時期仍沿襲此制。箇中典故正是由此而來。

「周公吐哺」

「周公」：周文王之子，武王之弟，成王之叔，為西周開國輔政大臣。

「哺」：嘴裏所嚼的食物。

傳說周公極其重視人才，凡有士人來訪，會立刻迎接。故此雖在吃飯時，也急急吐出嘴嚼的食物前往接見。是為「一飯三吐哺」。

4
飲馬長城窟行

陳　琳

東漢末年，社會動亂，民生困苦。建安年間，曹操父子皆雅好文學，在他們倡導下，出現了一批意氣昂揚奮發、風格獨特的文學作品，被稱為「建安文學」。

建安文學繼承漢樂府「感於哀樂，緣事而發」的精神，故此作品大多深刻反映社會現實。

陳琳，字孔璋，廣陵人，生於東漢末年，他所寫這首《飲馬長城窟行》，取材秦漢以來百姓不斷被徵召修築長城的血淚故事，藉着敍述一個來自太原士兵對現實的無奈與控訴，揭示了無數民伕悲慘的命運。

首兩句「飲馬長城窟，水寒傷馬骨」渲染長城一帶悲涼苦寒的現況，其後透過太原卒、長城吏的對話，訴說民伕志氣難伸的鬱悶。民伕與妻子書信中淒酸無奈的對話，更深刻反映殘酷的現實。陳琳透過這個民伕修築長城必死的悲慘下場及丈夫要妻子改嫁的人情反常現象，對無數慘死在長城的百姓及許多的破碎家庭寄予深刻的同情。

詩的末段嵌入秦代民謠《長城歌》，用「君不見」三字強調長城下遍地骸骨的恐怖場景，使人聯想到秦漢以來，民伕葬身邊地無處話淒涼的境況，遂使全詩籠罩沉重悲慘的歷史氛圍。

飲馬長城窟，水寒傷
馬骨。注謂長城吏：
「慎莫稽留太原卒。」
「官作自有程，

長城邊有一個泉眼，馬兒可在那裏飲水，
但水質甚寒，會傷及馬兒筋骨。

從太原來的士卒對負責修築
長城的官吏說：

請勿長期滯留我
們這些由太原徵
來的役夫。

官府的工程是
有期限的！！

26

舉築諧汝聲。」「男兒
寧當格鬥死，何能怫
鬱築長城？」

舉起夯土工具，齊聲喊號子！

嘿 嗨 嘿

*「夯土」即是把泥土壓實，中國古代建築時作磚石的用途。

男兒漢寧願上戰場為國捐軀！

怎能抑鬱一生去修築長城呢？

飲馬長城窟行

長城何連連，連連
三千里。邊城多健
少，內舍多寡婦。作
書與內舍：「便嫁莫
留住。善事新姑嫜，
時時念我故夫子。」
報書注邊地：「君今
出語一何鄙！」

長城連綿無邊際，連綿不斷三千里。

邊城每多服
役的健兒，
家鄉則是無
數獨居的婦
人。

寫信給妻子說：改嫁去吧！不要等
我了。好好侍奉新的公婆，時
時想念一下我這前夫吧！

妻子回信到邊城：
你的說話真是不通
事理！

飲馬長城窟行

「身在禍難中，何為稽留他家子？生男慎莫舉，生女哺用脯。君獨不見長城下，死人骸骨相撐拄。」「結髮行事君，慊慊心意關。明知邊地苦，賤妾何能久自全。」

我身在禍難中，為何要拖累人家的女兒呢？將來你生了男孩就不要養了！生女的話就好好哺育吧。

妳不見長城下面，死人骸骨重疊堆積在一起嗎？！

我婚後一直伺候你，別離時牽掛着你。明知你在邊地吃苦，我又怎能自私地為自己打算呢！

「舉築諧汝聲」

「築」在這裏是指「夯土」的動作或工具。

「夯土」就是把泥土打實，用來作建材。古代的城牆多用夯土築成。「夯土」時，要有幾個人一起，故須號令來劃一動作，「諧汝聲」就是役夫們一起喊號子。

「內舍多寡婦」

內舍指的是役夫們的家裏，「寡婦」一詞，在古代是指已婚而獨居的婦女。

5
歸去來辭 並序

陶　潛

　　陶潛，又名淵明，自號「五柳先生」，東晉著名詩人，作品現存一百二十餘首，另有文、賦等十餘篇。其作品以田園生活為重要題材，故後世稱他為「田園詩人」。

　　《歸去來辭並序》，分為兩大部分，序及辭。通篇記述詩人任官及辭官的原因，表達詩人厭棄功名富貴、愛好自然的本性及對田園生活的喜愛，是辭官歸故里的主因。

　　陶詩在當時影響不大，劉勰《文心雕龍》，對陶淵明隻字未提，直至南北朝梁代昭明皇帝蕭統對陶詩推崇備至，始為士人所推崇。其後影響愈來愈大，唐宋詩人對他更是五體投地，北宋王安石更評其作品「趨向不群，詞彩精拔，晉宋之間，一人而已」。同樣，大文豪蘇東坡及辛棄疾均對他讚譽有加。

　　《歸去來辭並序》為陶潛最著名作品之一。宋歐陽修云：「晉無文章，唯淵明《歸去來辭》而已」。

　　從藝術技巧而言，此篇陶潛名作確有很多可貴特點。

　　第一特點是序辭互補，結構嚴謹。作者用散文為序，而在辭中盡力抒情，使序能寫得言簡意滿，辭則充分發揮抒情的特點。

　　另外，本文辭部分結構環環緊扣，全辭主要扣着文眼「覺今是而昨非」發揮，由此引出「富貴非吾願，帝鄉不可期。」是對「昨非」之反省。突顯詩人自己辭官歸田園居的「今是」，這個選擇是對的。

　　第二特點是創新文章體裁風格。本文體裁屬辭，是戰國後期詩人屈原始創的新詩體，名楚辭。但《歸去來辭》能承繼楚辭句式，一改屈原騷賦之怨尤，轉成悲而無怨的沖和文風，成為創新的風格。

歸去來辭並序

余家貧，耕植不足以自給。幼稚盈室，缾無儲粟，生生所資，未見其術。親故多勸余為長吏，脫然有懷，求之靡途。會有四方之事，諸侯以惠愛為德，家叔以余貧苦，遂見用於小邑。于時風波未靜，心憚遠役，彭澤去家百里，公田之利，足以為酒，故便求之。

我家貧窮，種田不足以自給。孩子滿屋，米缸沒有存糧，生活所需，沒有辦法解決。

親友大多勸我求個官職，我也有此念頭，可是缺乏門路。正遇上各地互相攻伐，諸侯以愛惜人才為德政。叔父也因為我家境貧苦，於是我就被委任到一小縣做官。

那時動亂不平定，心裏害怕到遠方當官，彭澤縣離我家一百里，公田收穫時足夠造酒之用，所以請求到該地。

32

及少日，眷然有歸歟之情。何則？質性自然，非矯厲所得。飢凍雖切，違己交病。嘗從人事，皆口腹自役。於是悵然慷慨，深愧平生之志。猶望一稔，當斂裳宵逝。尋程氏妹喪于武昌，情在駿奔，自免去職。仲秋至冬，在官八十餘日。因事順心，命篇曰《歸去來兮》。乙巳歲十一月也。

過了一些日子，卻產生了戀鄉情結。何以如此？此乃本性自然，不是勉強可以改變的。

飢寒問題雖然迫切，但違反本性內心實在痛苦。嘗試為官做事，只是為了糊口而役使自己，於是惆悵感慨，深深有愧平生之志，望再過一年，便收拾行裝連夜離去。

不久，嫁到程家的妹妹在武昌去世，去弔喪的心情像駿馬奔馳，自己請求免去官職。由秋天第二個月到冬天，為官八十餘日，因辭官而順心，寫了篇文章，題目叫《歸去來辭》。時維乙巳年十一月也。

歸去來辭並序

歸去來兮，田園將蕪胡不歸？既自以心為形役，奚惆悵而獨悲！悟已往之不諫，知來者之可追；實迷途其未遠，覺今是而昨非。舟遙遙以輕颺，風飄飄而吹衣。

回家去吧！田園快要荒蕪為何還不回去呢？既然自己的心靈為形體所役使，為何如此惆悵而獨自悲傷？

悔悟過去的錯誤已不可挽回，但未來尚可以補救。實際上我迷途未遠，已覺得今天正確而往日不對。

小舟輕輕飄蕩，微風吹拂衣裳。

問征夫以前路。恨晨
光之熹微。
乃瞻衡宇，載欣載
奔。僮僕歡迎，稚子
候門。三逕就荒，松
菊猶存。

向行人打聽前面的路，只恨晨光朦朧而天未亮……

看到寒舍，我高興地飛奔過去。僕人歡迎我，孩子守候在門前。

小徑已荒蕪，松樹和菊花仍在。

攜幼入室，有酒盈
罇。引壺觴以自酌，
眄庭柯以怡顏。倚南
窗以寄傲，審容膝之
易安。園日涉以成
趣，門雖設而常關。
策扶老以流憩，時矯
首而遐觀。

攜着孩子進屋，美酒已滿壺
待着。我拿起酒壺自斟自
飲，觀賞着庭中樹木使我開
顏。

倚南窗寄
託我傲世
之情，在僅
能容膝之
地容易心安。

每日在園中散步
樂趣無窮，雖然
有門但經常關着。

策着手杖散步，時時
翹首仰望向遠方。

雲無心以出岫，鳥倦
飛而知還。景翳翳以
將入，撫孤松而盤桓。
歸去來兮，請息交以
絕遊。世與我而相
違，復駕言兮焉求？
悅親戚之情話，樂琴
書以消憂。

白雲隨意地從山間飄
出，小鳥疲倦了就知
道回巢。日光暗淡即
將下山，我撫着孤松
不捨離去。

回去故園，與外界斷絕來往。
現今世道與我相違背，還外出
追求些甚麼呢？跟親朋戚友談
話已非常開心，彈琴讀
書亦足以解憂。

歸去來辭並序

農人告余以春及，將有事於西疇。或命巾車，或棹孤舟。既窈窕以尋壑，亦崎嶇而經丘。木欣欣以向榮，泉涓涓而始流。善萬物之得時，感吾生之行休。

農夫告訴我春天到了，將要去西邊的田地耕作。

或者駕着篷車，或者划着小舟，既到深邃幽美之山洞，亦會走過崎嶇不平的山丘。

樹木欣欣向榮，泉水涓涓流動。羨慕萬物得到生機勃發的時候，感歎我的一生行將告終。

歸去來辭 並序

已矣乎，寓形宇內復幾時，曷不委心任去留？胡為乎遑遑欲何之？富貴非吾願，帝鄉不可期。懷良辰以孤注，或植杖而耘耔。登東皋以舒嘯，臨清流而賦詩。聊乘化以歸盡，樂夫天命復奚疑。

算了吧！此身寄於天地還有多少時候？為何不隨着心意決定去留？富貴並非我所願，成仙亦非我期望。

我孤身前往欣賞並思念那良辰美景，有的時候也會將手杖插入土中，在田裏除草耕作。

登上東坡放聲長嘯，下臨清溪吟詩作賦，姑且順感大自然的規律走完此生，樂安天命再無可懷疑。

「悟以往之不諫，知來者之可追。」

　　語出《論語・微子》：「往者不可諫，來者猶可追。」意謂過去的錯誤不可挽救了，但將來的事還來得及撥亂反正。

「三逕就荒」

　　「三逕」出自東漢趙岐的《三輔決錄》：「西漢人蔣詡，字元卿，隱於杜陵舍中三徑，惟羊仲、求仲從之游，皆挫廉逃名不出。」這是指蔣詡過着隱居生活，在院子裏開了三條路徑，只有好友羊仲和求仲用這小徑相往還。都是逃避名位不做官的。

　　陶潛自言「三逕就荒」，是指小路都是長滿荒草了！只不過出仕當官三個月就弄成這樣子，大有悔恨應該早點罷官回來歸隱之意。

6

贈白馬王彪 並 序

曹 植

《贈白馬王彪》是漢末三國時期文學家曹植所創作的一首抒情長詩。

曹植文才出眾，表現不凡，曹操本想立他為太子，後來因失寵，曹操改立長子曹丕嗣位。曹丕篡漢登位為天子，建立魏國後，對曹植猜忌特甚，屢欲借故殺曹植。

黃初四年（公元 223 年），曹植偕異母弟白馬王曹彪和同母兄任城王曹彰同到洛陽朝見魏文帝曹丕。曹彰離奇暴斃，曹植和曹彪在返回各自封地之前，有一段路同行同宿。誰料朝廷派出監國使者，以藩王之間不可私自串連為由，強迫他們分道而行。

曹植對親兄曹彰之死已滿懷傷痛，故此，在與白馬王離別之際，對文帝之猜忌刻薄以及手足相殘的不幸感到悲憤不已，寫下這首充滿血淚的詩篇，藉這贈別詩的形式，一吐胸中的憤慨抑鬱。詩的原文見於《三國志・魏志・陳思王傳》注引《魏氏春秋》。

全詩共分七章，雖然都穿插着寫景、比興、用典和比喻，但貫穿全篇主要仍是直抒悲痛之情，第一至第五篇分寫對未來人生的恐懼與徬徨淒苦，並痛悼兄弟之死，也借此詛咒小人讒惑君主，離間骨肉之情。

第六章在極度悲痛之餘，卻暫時拋開一切，反過來以大丈夫志在四海來安慰白馬王。到第七章詩人再次質疑天命，但仍深深希望對方保重身體，期望大家可共享天年。

黃初四年五月，白馬王、任城王與余俱朝京師，會節氣。到洛陽，任城王薨。

魏黃初四年五月，白馬王、任城王與我都來到京師洛陽朝會。

並行「迎節氣」之禮。

任城王不幸在洛陽去世。

至七月，與白馬王還
國。後有司以二王歸
藩，道路宜異宿止，
意毒恨之。蓋以大別
在數日，是用自剖，
與王辭焉，憤而成篇。

到了七月，我與白馬王同行，返回各
自的藩國封地。

停！

監國使者指藩王不可同行同
宿，令人憤慨！

藩王之間不可
勾結串連！

數日後就要永別矣！剖白
內心跟白馬王送別之悲憤
寫下此文章。

贈白馬王彪並序

謁帝承明廬，逝將歸
舊疆。清晨發皇邑，
日夕過首陽。
伊洛廣且深，欲濟川
無梁。泛舟越洪濤，
怨彼東路長。顧瞻戀
城闕，引領情內傷。

拜見皇帝於承明廬，之後返回自己的封地。
清晨從帝都出發，向晚時分已來到首陽山。

伊水和洛水，既廣且深，想過
去卻沒有橋樑。

乘舟越過洶湧的波
濤，歎息回去的
路很漫長啊！
回首眺望洛陽
城闕，難禁
心中的哀
傷。

太谷何寥廓，山樹鬱
蒼蒼。霖雨泥我塗，
流潦浩縱橫。中逵絕
無軌，改轍登高岡。
修坂造雲日，我馬玄
以黃。

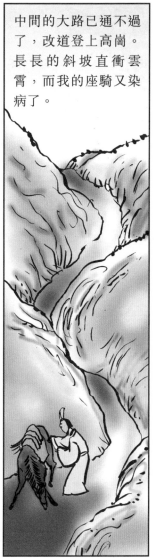

中間的大路已通不過
了，改道登上高崗。
長長的斜坡直衝雲
霄，而我的座騎又染
病了。

山谷空闊，樹木鬱蒼。大
雨使道路泥濘不堪，流水
淤積，浩漫橫溢。

贈白馬王彪並序

玄黃猶能進，我思鬱以紆。鬱紆將何念？親愛在離居。本圖相與偕，中更不克俱。鴟梟鳴衡軛，豺狼當路衢。蒼蠅間白黑，讒巧令親疏。欲還絕無蹊，攬轡止踟躕。

馬匹染病，猶可前行。
我心情鬱卒啊，在思念甚麼呢？

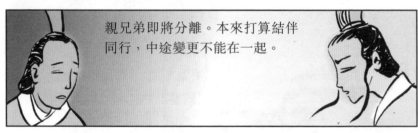

親兄弟即將分離。本來打算結伴
同行，中途變更不能在一起。

鴟梟鳴叫在車前，豺狼擋
在路中。蒼蠅顛倒了黑
白，讓讒言令骨肉疏離。
想歸去卻無路能行，手握
轡繩心內踟躕。

贈白馬王彪並序

踟躕亦何留？相思無終極。秋風發激涼，寒蟬鳴我側。原野何蕭條，白日忽西匿。歸鳥赴喬林，翩翩屬羽翼。孤獸走索羣，銜草不遑食。感物傷我懷，撫心長太息。

踟躕留戀些甚麼？思念永無終極。秋風帶起微微的涼意，寒蟬在我身側哀鳴。

原野是多麼蕭條；白色的日影倏忽匿向西邊。

歸鳥投林，翩翩扇動着羽翼。一隻離群孤獸，銜着草也顧不得進食。感於物象使我憂傷，撫心發出長長的歎息。

太息將何為？天命與我違。奈何念同生，一往形不歸。孤魂翔故域，靈柩寄京師。存者忽復過，亡歿身自衰。

贈白馬王彪並序

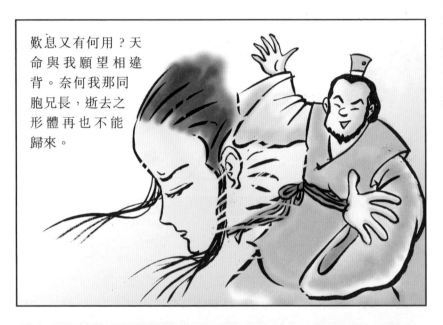

歎息又有何用？天命與我願望相違背。奈何我那同胞兄長，逝去之形體再也不能歸來。

孤魂飛回他的封地，靈柩寄存在京師。我們存在的日子很快也會過去，隨着身體衰朽而離世。

贈白馬王彪並序

人生處一世，去若朝
露晞。年在桑榆間，
影響不能追。自顧非
金石，咄唶令心悲。

人世間匆匆走一
回，就好比清晨
露水被曬乾一樣迅速。

人到暮年，嗟歎時光追不回來。嘆自身非金石不朽，使
我心內悲涼。

贈白馬王彪並序

心悲動我神，棄置莫
復陳。丈夫志四海，
萬里猶比鄰。恩愛苟
不虧，在遠分日親。
何必同衾幬，然後展
殷勤。憂思成疾疢，
無乃兒女仁！倉卒骨
肉情，能不懷苦辛。

心境悲傷動我形神，放下吧莫再提。大丈夫應志在四海，
縱使相隔萬里也猶如比鄰而居。

假如兄弟之情並無減損，縱
使離得越遠，情分反而會與
日俱增，這又何必一定要同
榻共眠，才能展示你我的殷
勤。

憂思而成疾病，豈非小兒
女之愛？然而兄長倉卒而
逝，怎能不讓我悲苦而辛
酸。

贈白馬王彪並序

苦辛何慮思？天命信可疑。虛無求列仙，松子久吾欺。變故在斯須，百年誰能持？離別永無會，執手將何時？王其愛玉體，俱享黃髮期。收淚即長路，援筆從此辭。

愁苦與辛酸引起何種思慮？
就是使我質疑天命！

向列仙祈求純屬虛無，赤松子仙人之說已騙了我很久。人生變故常在頃刻之間，誰能保證有百年之長壽？

一旦離別再無相見之日，何時可再執君之手？白馬王啊你要珍重，與我一起健康長壽。忍淚踏上長路，提筆寫成此篇，與君別離。

「我馬玄以黃」

出自《詩經‧周南‧卷耳》：「陟彼高岡，我馬玄黃。」玄黃一這個詞在古代有幾種含意，最普遍是形容天地的顏色，《易經》裏說「天玄地黃」（玄是一種深黑帶赤的顏色）。「玄」又可以形容深奧，所謂玄之又玄。而在這裏，「我馬玄以黃」則形容馬兒毛色又玄又黃，生病了。

「蒼蠅間白黑」

經典出《詩經‧小雅‧青蠅》，「營營青蠅，止於榛。讒人罔極，構我二人。」以討厭的蒼蠅來比喻進讒言的小人。

7
蘭亭集序

王羲之

　　東晉時每逢農曆三月三日，人們都會到河邊遊玩，臨水洗滌，以祈求消災去禍，是為「修禊」。修禊或為國典，或謂民俗，總而言之，自漢魏以來一直流傳，後來更添加「曲水流觴」，及至唐朝，更為王侯貴冑、名卿鉅公之出遊風尚。

　　曲水流觴，也稱之為曲水宴。人們列坐溪邊，由盛滿酒的羽觴（酒杯）放於溪水上，任酒杯漂流而下，當酒杯停在某人附近，那人就要取酒來飲。

　　永和九年，王羲之與幾個兒子及司徒謝安，左司馬孫綽等人在會稽的蘭亭修禊遊樂，進行文人聚會，一行人玩起飲酒戲來，酒杯停在誰處就得賦詩一首，作不出就罰酒三杯。

　　當日三十七首詩，匯編成集，眾家推選王羲之寫序。王羲之當日乘着酒意，遂寫下蘭亭山水之美與聚會的歡樂之情，更藉此抒發出對人生苦短、生死無常之感慨。

　　《蘭亭集序》瀟灑飄逸、筆鋒雄健，被宋代米芾譽為「天下行書第一」，歷代書家更奉之為極品。此篇凡三百二十四字，每一字都各具姿態，圓轉自如，而其中二十個「之」字，更各有美感，無一雷同。

　　董其昌在《畫禪室隨筆》中寫道：「右軍《蘭亭序》，章法為古今第一，其字皆映帶而生，或大或小，隨手所如，皆入法則，所以為神品也。」

　　唐太宗李世民酷愛書法，大量蒐集王羲之的書法珍寶，對《蘭亭序》極為仰慕，並苦苦尋找其真跡。《隋唐嘉話》及《太平廣記》各有記載，情節雖有不同，但《蘭亭序》真跡最後為太宗所得，並陪葬於昭

陵，説法卻一致。

　　而有關真跡的故事尚未完結，《新五代史・温韜傳》記載《蘭亭序》曾再次傳入人間，另宋代蔡挺在跋文中，又説此序早已為太宗之姐妹用偽本替換。

　　究竟真跡何在？眾説紛紜，此後仍有不同的考證和傳説呢!

永和九年，歲在癸丑，暮春之初，會于會稽山陰之蘭亭，修禊事也。羣賢畢至，少長咸集。此地有崇山峻嶺，茂林修竹；

永和九年，歲星在癸丑，暮春三月初，約會在會稽郡山陰縣的蘭亭。

舉行「修禊」*的活動。很多賢達駕臨，老老少少都來了。

*修禊是周秦以來的習俗，臨水嬉戲，以洗滌不祥。

此地有崇山峻嶺，茂林修竹。

又有清流激湍，映帶左右。引以為流觴曲水，列坐其次；雖無絲竹管絃之盛，一觴一詠，亦足以暢敘幽情。

又有清流急湍，兩旁景物互相輝映。我們引水作為漂送酒杯之水道。

大家於水邊依次就坐，雖無音樂伴奏的盛況，但是一面飲酒一面作詩，也足以暢敘內心的情懷了！

是日也，天朗氣清，惠風和暢；仰觀宇宙之大，俯察品類之盛，所以游目騁懷，足以極視聽之娛，信可樂也！

是日也，天朗氣清，溫和的風使人十分舒暢。

抬頭仰觀宇宙之大，低首俯察萬物之盛。

讓眼睛帶領心神四處馳騁，確實是快樂啊！

夫人之相與，俯仰一世，或取諸懷抱，晤言一室之內；或因寄所託，放浪形骸之外。雖趣舍萬殊，靜躁不同；當其欣于所遇，暫得于己，快然自足，不知老之將至。

人之相交，倏忽人生，或喜歡分享內心世界，於室內談心。

或寄情於物，無拘無束地遨遊。

雖然選擇取捨千差萬別，好動好靜各有不同，但當遇到喜歡之事物，就會暫時得着心底滿足，快樂得不知老之將至。

及其所之既倦，情隨事遷，感慨係之矣。向之所欣，俛仰之間，以為陳迹，猶不舡不以之興懷；況修短隨化，終期于盡。古人云：「死生亦大矣」，豈不痛哉！

等到對所追求的事物感到厭倦，情感隨着事物的變化而改變，感慨隨之而來。

以前感到快樂的事情，轉眼間成為過去。不能不因此而引起內心之感觸。

更何況人生壽命長短，造化各有不同，但最終總會完結。古人云：「死生亦大矣」，這又怎不令人哀痛呢？

生和死是一件大事啊！

蘭亭集序

每覽昔人興感之由，若合一契；未嘗不臨文嗟悼，不能喻之于懷。固知一死生為虛誕，齊彭殤為妄作。後之視今，亦猶今之視昔，悲夫！故列敍時人，錄其所述。雖世殊事異，所以興懷，其致一也。後之覽者，亦將有感於斯文。

每次閱讀古人興歎感慨之緣由，仿若有同一契合，對人生的生死、哀樂、感慨有共鳴，為此每每在文章面前歎息悲傷，心情實在難以形容。

一向知道，莊子所謂「生死無差別」是荒誕的，而將「長壽與短命等同」也是虛妄之作。

生 死

後世之人看今日，亦猶如今人之看從前，真令人悲傷啊！故此記下參與聚會之人士，錄下其文章詩作，雖世代不同事物也有差異，但引起感觸卻是一致的。後世之人看到這文章，亦會為此而感動吧！

60

「俯仰一世」

　　「俯仰」一詞，語出《漢書·鼂錯傳》：「以大為小，以彊為弱，在俛卬之間耳。（師古曰：俛亦俯字。卬讀曰仰）」（彊，通強）又有阮籍《詠懷》：「去此若俯仰，如何似九秋？」意謂只不過一低頭，一抬頭的工夫，時間極短促。

　　「俯仰一世」就譬喻一世人，只不過俯仰之間已過去了！

「晤言」

　　出自《詩經·陳風·東門之池》：「彼美淑姬，可與晤言」。

　　晤：遇也，對也。晤言：面對面互訴衷情之謂。

8

飲　酒（其　五）

陶　潛

《飲酒》詩共二十首，大約寫於晉安帝義熙十三年的秋冬之際，陶淵明時年約五十三歲。

原序說這些詩都是醉後所寫，內容側重於歌詠堅持高尚節操的生活，以及詩人在辭官退隱後，內心對貧富兩種人生選擇的思想矛盾。

《飲酒》(其五) 開首句「結廬在人境」，詩人雖然在人境中結廬居住，仍過着最普通的人間生活，只是這個「人境」沒有車馬的喧鬧，也代表沒有官場中的來往應酬等事務干擾。

「心遠地自偏」，陶淵明透過詩句不僅表白的自己心境，更指出真正的避世應在乎心境而不在乎居處與俗世鬧市的距離，不論身居何處都感覺自己的居處是在偏遠的地方。「心遠」，指心遠離塵俗，內心不被名利所動，如此，就是在喧鬧之地居住，也自會感受到像住在偏遠地方一樣的清靜。

詩人認為在遠離世俗的心境中，人才能對萬物有悠然自得的呼應。「採菊東籬下，悠然見南山」正寫出了詩人的閑淡靜穆，「境與意會」的妙處。

結尾明白說出他對此境中的「真意」有領悟，領悟甚麼呢？「欲辨已忘言」不知如何用語言來表達。

飲酒（其五）

結廬在人境，而無車
馬喧。
問君何能爾？心遠地
自偏。

人世間結草廬
而居，無世俗
車馬喧囂之煩
惱。

問我何能如此？

心境遠離塵俗，雖居喧囂地也
一樣清淨啊！

飲酒（其五）

採菊東籬下，悠然見
南山。
山氣日夕佳，飛鳥相
與還。
此中有真意，欲辨已
忘言。

在東籬下採摘菊花，悠然
間，南山映入眼簾。

山中氣息日與夜都如
此美好，飛鳥結伴而
歸。

此中蘊含人生真義，想要辨析
這種意念，卻又不知用甚麼語
言來表達。

「欲辨已忘言」

「忘言」的説法可見諸《莊子・外物》:「言者所以在意也,得意而忘言。」

陶淵明以「欲辨已忘言」收筆,帶出無限想像的空間。想要解釋「此中真意」,但卻又不知用甚麼言語來表達。這與莊子的意思是相同的,即語言是用來表達思想的,但有些思想只可意會,非語言所能表達。

語言只能表達物象之粗,而意卻能致物之精,故言不盡意。

9
詠 荊 軻

陶 潛

　　陶淵明這首《詠荊軻》根據文獻記載，主要歌詠荊軻刺秦的經過，但較着重突出荊軻為了除掉暴君，慷慨赴死、義無反顧的英雄氣概。

　　全詩首六句簡單交代荊軻刺秦的背景，重點有二。首先點出荊軻正是燕太子丹為了挽救弱小燕國，而挑選出來刺殺強秦君主的勇士，強調荊軻刺秦的正義性。另外是藉着「君子死知己」一句，突顯荊軻也不是僅僅為了報答太子丹的知遇之恩。而是因為太子丹真正明白及欣賞其為除掉暴君而犧牲生命的勇氣，「死知己」三字説明荊軻的高尚品格，也點出其悲劇下場。

　　全詩主要採用正面描寫和側面描寫塑造荊軻的英雄形象。

　　正面描寫主要是透過對荊軻行為動作的生動描述突出其個人特質，如「君子死知己，提劍出燕京」兩句，直接點出荊軻「為知己者死」的偉大情操。此外「登車何時顧，飛蓋入秦庭」兩句描繪荊軻登車不回頭，直奔秦國的畫面，通過飛車入秦的場面描寫彰顯他慷慨激昂的意志。而「凌厲千萬里，逶迤過千城」更借荊軻如勁矢般直奔秦國的凌厲氣勢，將他義無反顧的氣勢推到頂峰。

　　側面描寫主要着重於易水送別的場面。大道上送別的羣英，烘托出如同出席喪禮般的蕭穆氣氛。而高漸離的擊筑、宋意的高歌，藉着商音的悽愴和羽音的高昂，交織出壯士赴死的悲壯情懷。蕭蕭哀風和淡淡寒波的景物描寫，渲染出淒寒悲涼的景象，正如人們心境的投射。

　　詩中「心知去不歸，且有後世名」是點睛之句，從中可見陶潛用意所在。詩中着重突出荊軻慷慨赴死的英雄氣概，對他事敗被殺卻只輕

輕帶過，帶出追求人生永恆的精神價值及對壯志、節義的推崇。甚至魯迅先生也稱《詠荊軻》為陶詩中「金剛怒目」的一面。

　　陶淵明年輕時也曾有過「猛志逸四海」的壯懷，採菊東籬的靜穆和《詠荊軻》「怒目金剛式」的猛氣在陶淵明的內心是一致的。特別是荊軻並非為個人的立身揚名，而是為天下人剷除暴君的統治。全詩氣勢凌厲，節奏緊迫，情緒激越，讀來彷彿能見到詩人自己的一腔熱血噴湧而出。

詠荊軻

燕丹善養士，志在報
強嬴。
招集百夫良，歲暮得
荊卿。
君子死知己，提劍出
燕京。

燕太子丹廣收門
客，志在向秦國
復仇。招集百名武
者挑選最優秀的，
這一年年底募得了
荊卿。

君子為知己者死，提劍離開燕京城。

詠荊軻

素驥鳴廣陌，慷慨送
我行。
雄髮指危冠，猛氣衝
長纓。

白馬在大路上鳴叫，眾人慷慨
激昂為我送行。

個個都怒髮衝冠，

勇猛之氣直衝結冠之
絲帶。

69

詠荊軻

飲餞易水上，四座列
群英。
漸離擊悲筑，宋意唱
高聲。

易水邊上擺下餞別酒，在
座的都是當代精英。

漸離擊筑音韻悲壯，

宋意高歌響遏行雲。

蕭蕭哀風逝，淡淡寒波生。商音更流涕，羽奏壯士驚。心知去不歸，且有後世名。

在哀怨的蕭蕭風聲中離去，水面上漾起淡淡的波紋。

唱到商音聽者流涕，奏到羽音壯士驚心。心知此行有去無回，但會留下後世英名。

登車何時顧，飛蓋入
秦庭。
凌厲越萬里，逶迤過
千城。

登上馬車何曾有回頭？飛
車直奔秦國的宮廷。

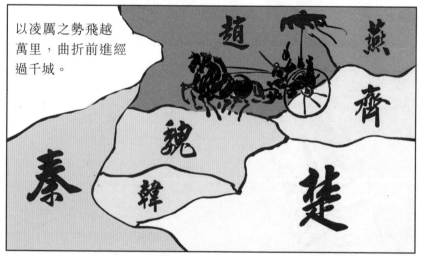

以凌厲之勢飛越
萬里，曲折前進經
過千城。

圖窮事自至，豪主正怔營。惜哉劍術疏，奇功遂不成。其人雖已沒，千載有餘情。

地圖展盡就要動手，秦王斗然一驚！

可惜劍術不精，刺殺失敗了。荊軻被殺，但精神永遠長存。

「蕭蕭哀風逝，淡淡寒波生。」

　　典出荊軻在易水邊上所唱的《易水歌》：「風蕭蕭兮易水寒」。在陶潛這首詩裏則化為「蕭蕭哀風」和「淡淡寒波」。都是以景物的描寫，來襯托悲壯淒美，視死如歸的刺殺行動。

「商音更流涕，羽奏壯士驚。」

　　商和羽是我國古代五聲音階的其中兩種。五音階就是「宮、商、角、徵、羽」。

10
與宋元思書

吳　均

　　吳均（469 年—520 年），字叔庠，擅長描寫山川風景，《與宋元思書》是其代表作。

　　此文為吳均寫給友人的一封信內的一部分，內容描寫富陽至桐廬的山水風光美景。這一段好山好水，也就是長卷名畫《富春山居圖》丹青點染的地方。

　　全文寫景分作三部分，「風煙俱淨」至「天下獨絕」是第一部分。起首就以「風煙俱淨，天山共色」點出風霧全無，泛舟任意而行，何等快意。「奇山異水，天下獨絕」更是直接點出富陽至桐廬一段美景的特色。

　　第二部分由「水皆縹碧」至「猛浪若奔」，重點是對於「異水」的描述。這段文字描述主要突出水的清澈見底，魚石皆可「直視無礙」。此外，急流處則湍如箭湧，浪濤洶湧。就此寥寥數語，將水的清、水的急、浪之大的動靜各面表露無遺。

　　第三部分由「夾岸高山」至「有時見日」，着重描寫「奇山」之狀。作者透過對山、樹、「泉水激石」、鳥蟬鳴叫的描述，營造出環境的高、美、幽。

　　此文在山水的描繪上固然十分高超，但並非是單純的寫景遊記。文中「鳶飛戾天者，望峰息心；經綸世務者，窺谷忘反」，揭示出作者領悟到功名不可妄求，寄託其忘卻凡塵瑣事，淡泊名利的情懷。由景到情，終悟至理，其中運轉圓融，手法高明。

風煙俱淨，天山共色，從流飄蕩，任意東西。

風塵與雲霧都沒有了，天空和山峰顯得同樣的青色。

隨着水流蕩漾，任憑它或東或西飄去。

自富陽至桐廬，一百許里，奇山異水，天下獨絕。

從富陽到桐廬（都在浙江省，有名的富春江景色都在這裏），一百來里水路。

奇山異水，天下獨一無二。

77

水皆縹碧，千丈見底；游魚細石，直視無礙。急湍甚箭，猛浪若奔。夾岸高山，皆生寒樹。負勢競上，互相軒邈。爭高直指，千百成峰。

水色一片青綠，雖千丈深也能見底。游魚細石，都看得清楚。

水流很急，去若飛箭，洶湧江浪急如奔馬。兩岸高山，都長着耐寒長青的樹木。

樹木依着山勢向上，枝葉伸展，互相比高。千百林木，成為群峰。

泉水激石，泠泠作響。好鳥相鳴，嚶嚶成韻。蟬則千轉不窮，猿則百叫無絕。

泉水沖擊着巖石，發出清脆的聲響。

好鳥彼此和唱，組成優美的韻律。

蟬兒不斷地嘶鳴，猿猴則叫聲不絕。

與宋元思書

鳶飛戾天者，望峰息心；經綸世務者，窺谷忘反。橫柯上蔽，在晝猶昏；疎條交映，有時見日。

為了功名利祿像鳶鷹振翅高飛的人，看了這山峰就平息名利之心。

整天忙於俗務的人，看一看這山岩就會樂而忘返。橫斜的樹枝遮蔽天日，白天也像黃昏，疏條交映，偶爾得見陽光。

「鳶飛戾天者」

語出《詩經・大雅・旱麓》:「鳶飛戾天,魚躍于淵。」

「鳶」:似鷹而嘴短尾長的猛禽戾鳥。

「飛」:鳥翥也,象形,凡飛之屬皆從飛(《説文解字》)。

「戾」:到達。

「天」:巔也。至高無上,從一、大(《説文解字》)。

《詩經》中「鳶飛戾天,魚躍于淵。」指的是萬物各有其道,自得其樂。

作者引經據典,前後兩句文意結合,「鳶飛戾天者」配以下句「望峰息心」,「息」有停止之意。以鳶喻人,「鳶飛戾天者」在這裏指的是極力高攀的人,因見這高峰美景,連追求功名利祿之心也會止息。跟這大自然的壯麗美景比較,人的名利私慾是何其渺小。

11

謝 太 傅 寒 雪 日 內 集

劉義慶

　　本文出自《世說新語・言語第二》。《世說新語》主要記述人物言談軼事，是魏晉南北朝時期「筆記小說」的代表作。作者劉義慶，彭城人（今江蘇徐州）。宋武帝劉裕之姪，世襲臨川王。劉義慶自幼才華出眾，愛好文學。除《世說新語》外，還著有志怪小說《幽明錄》。

　　《世說新語》內容分三十六類，每則長短不一，而文字俊雅簡麗，故事機趣盎然，清新可喜。本文主要透過謝太傅在一個寒冷的雪天家庭聚會為題，寫人、寫事，皆如實呈現，而這正是《世說新語》的風格，往往能透過寥寥的幾句對話，將事情的韻趣、人物的特性，活現出來。

　　全文重點在「公大笑樂」一句。史稱其姪兒謝朗「文義艷發，博學有逸才」；姪女謝道韞則「神情散朗，有文才」。謝公笑樂，皆因諸兒俱優，撒鹽空中，比喻雪霰；柳絮風起，比喻雪花。姪兒和姪女二人的比喻，雖各自取材，卻皆能曲盡其妙。

謝太傅寒雪日內集，與兒女講論文義。俄而雪驟，公欣然曰：「白雪紛紛何所似？」

一個寒冷雪天，太傅謝安與家人聚在室內，為兒女講解文章。

不久，雪下得急速了。

白雪紛紛，你們說像甚麼呢？

謝太傅寒雪日內集

兄子胡兒曰：「撒鹽空中差可擬。」兄女曰：「未若柳絮因風起。」公大笑樂。

兄子胡兒（謝安姪兒）曰：「撒鹽空中可作比擬！」

兄女謝道韞（謝安姪女）曰：「未若柳絮因風起！」公大笑樂。

此篇文章沒有用典。唯一可以著墨介紹的，是謝安（太傅）之姪女謝道韞。
東晉名門，有王、謝兩族。「王」就是王羲之的琅琊王氏。

謝道韞是安西將軍謝奕的女兒，才貌雙全，自少見慣名士英雄，眼界甚
高。謝道韞的夫君就是王羲之次子王凝之。可惜王凝之跟他的兄弟相比，才
氣差遠了，這使才女謝道韞嫁後經常怏怏不樂。

王凝之天份不足，可説是無可奈何，但其為人處事也實在有點令人哭笑
不得。他當官時，遇上賊兵作亂，兵臨城下時他既不出兵也不設防，整日焚
香唸經，向眾人表示借來天兵，即使十萬賊兵也不怕云云。直到賊兵進城，
才帶同兒女匆匆外逃，連謝道韞也顧不上，跑了十多里就被賊兵抓住給殺了。

倒是謝道韞聞得夫及子為賊所害，仍舉措鎮定，抽刀出門，護着外孫突
圍，殺敵數人才被俘虜。

賊首孫恩也被她的氣概懾住，不敢加害於她。

謝道韞後來以詩書為伴，授課講學，優雅地獨居終老。

12

管寧華歆共園中鋤菜（節錄）

劉義慶

〈管寧華歆共園中鋤菜〉節錄自《世說新語》其中一個故事，故事記述管寧、華歆二人一起鋤菜、讀書，透過兩人的不同反應，反映出魏晉名士的處世之道。

園中鋤菜見金，管寧不為所動，華歆則撿起再扔掉；二人一起讀書，管寧對達官貴人車子經過不聞不問，而華歆卻放下書本出門觀看，管寧因此而「割席分坐」。

兩位主人翁管寧與華歆一生路途各異，管寧選擇隱居讀書，多次放棄當官的機會；而華歆則仕途平順，當上太尉之職。

世上皆以管寧為尚，認為他淡泊名利，專注求取知識，追求精神層面上的提升，境界奇高。他對華歆「割席」的行動，亦為他贏得嫉惡如仇、潔身自愛、謹慎交友等美名。

另一主角華歆卻往往遭到非議，批評他心志不堅，愛好名利，落於庸俗。事實上華歆在見金一事上是「捉而擲去之」，根本無貪戀財物之意；而「廢書而出」亦可以解釋華歆有關心世事的入世之心，其實並無重大的道德缺憾。既然如此，管寧之「割席」實際上只是二人的意見相左，分別採取「出世」、「入世」的處世態度而已。

管寧、華歆共園中鋤
菜，見地有片金，管
揮鋤與瓦石不異，華
捉而擲去之。又嘗同
席讀書，有乘軒冕過
門者，

管寧和華歆在園中鋤地種菜，看到地上有片金子，管寧揮動鋤頭，與看到瓦石沒有兩樣。

華歆拾起來看看還是扔掉了。

又有一次，同坐蓆上讀書，此時有貴人乘車從門前經過。

管寧華歆共園中鋤菜

寧讀如故，歆廢書出看。寧割席分坐曰：「子非吾友也。」

管寧照樣讀書，華歆放下書出去觀看。

管寧把蓆子割開，分開來坐，對華歆說：「你不是我的朋友！」

「軒冕」

　　古時大夫以上官員的車乘和冕服。見《管子・立政・服制》：「脩生則有軒冕、服位、穀祿、田宅之分，死則有棺槨、絞衾、壙壟之度。」

　　亦引申借指官位爵祿，國君或顯貴者。見《莊子・繕性》：「古之所謂得志者，非軒冕之謂也，謂其無以益其樂而已矣。今之所謂得志者，軒冕之謂也。」

13

古詩十九首（選二）

佚　名

行行重行行

　　《古詩十九首》被收錄在梁昭明太子蕭統所編的《昭明文選》中，作品約創作於東漢順帝末年到獻帝年間，其內容風格大體相似，卻不是一個人的作品，也不是同一個時期的作品。

　　《古詩十九首》的每一首古詩皆沒有詩題，後人為區分方便，就把每首詩的首句用作詩題。十九首的內容主要是抒發遊子懷鄉、閨人怨別之情，共同特徵是對人生無常和歲月易逝的感傷。

　　《古詩十九首》被認為是中國古代最早的一些五言古詩，上承詩三百國風之餘緒，下啟建安文學之詩風，歷代詩評作家都給予極高評價。《行行重行行》是《古詩十九首》中的第一首，也是當中最著名的一首。

　　這首詩全篇以直接抒情為主，不借景物烘托，而比興運用精確，以「胡馬越鳥」的對比，強調夫妻二人相隔胡越，既漫長又遙遠；另又以「浮雲蔽日」比喻奸人讒害壓制賢良，使飄遊的遊子不得歸家；「蔽白日」也令人聯想到妻子的陰暗心情。

　　此詩寫妻子對遠行丈夫的思念。詩中重重疊疊的訴說和首句「行行重行行」的複沓節奏互相呼應，在一詠三歎中寄寓出兩地綿綿無盡的相思之情。

行行重行行，與君生
別離。
相去萬餘里，各在天
一涯。

行行重行行

與君生別離

相去萬餘里，你我從此天各
一方。

行行重行行

道路阻且長，會面安
可知？
胡馬依北風，越鳥巢
南枝！

道路艱辛且遙遠，何時再聚有誰能知？

從胡地南來的馬匹，會依戀着北風。

南鳥北飛，築巢
會在南邊的枝
頭。

相去日已遠，衣帶日已緩。
浮雲蔽白日，遊子不顧返。

分別的日子日復一日，衣帶一天比一天寬鬆，人就這樣子消瘦了。

浮雲遮蔽着太陽，遊子顧不上返家。

思君令人老，歲月忽已晚。
棄捐勿復道，努力加餐飯！

思念郎君令我老去

歲月又到年晚

且都拋開不再說了，努力保重身體以期待再有相見之日。

「浮雲蔽白日」

語出漢樂府《古楊柳行》：「讒邪害公正，浮雲蔽白日。」

李善《文選》注：「言浮雲之蔽白日，以喻邪佞之毀忠良，故遊子之行，不顧返也。」

劉履《選詩補注》：「游子所以不顧還返者，第以陰邪之臣上蔽於君，使賢路不通。」

朱筍河《古詩十九首説》〈徐昆筆述〉：浮雲二句，忠厚之極⋯⋯言我思子而不思歸，定有讒人間之，不然，胡不返耶？

由此可見，歷來的説法皆指「浮雲蔽日」是比喻，此詩用「浮雲蔽日」比喻奸人讒害壓制賢良。

古詩的比興和漢樂府密切相關，而且古詩十九首中所寫的遊子，一般是指出外遊歷的士人。

迢迢牽牛星

　　此詩乃古詩十九首其中之一，其作者不可考，大抵是東漢時期作品。

　　牽牛郎與織女的故事在漢魏詩中常用作比喻夫妻別離的苦楚，這首詩正是通過牽牛郎織女的故事，將天上的星宿、銀河人間化和現實化，將牽牛郎織女間的深摯情感，婉轉地表達出來，建構出悽愴動人的境界。

　　詩中起首以「迢迢牽牛星，皎皎河漢女」道出牽牛郎和織女兩位主角，其中從「迢迢」可見牽牛星在遠，織女在近。「牽牛星」與「皎皎河漢女」，一方面點出了織女皎潔亮麗的形象，另一方面把織女從天上的星宿想像成真人的設定，突顯出全詩的描寫重點是織女。

　　「纖纖擢素手，札札弄機杼」二句主要是通過描述織女織布的情形，深化織女的人性化形象。而「終日不成章，泣涕零如雨」揭露織女織不出布來，哭泣難過的形象，具體呈現織女是一個有情有義的人間女子。

　　最後「河漢清且淺，相去復幾許。盈盈一水間，脈脈不得語」四句更直接點出織女哭泣的因由，具體地營造出「牽牛」與織女明明只隔一條又清又淺的銀河，卻又只能含情脈脈對望，而不能言語的無奈和悽苦。配合上文所指的「迢迢牽牛星」，可見織女的哀思是源於想念遠方的「牽牛」。

善用疊字是古詩十九首中很多作品的特點，而以這一首最有代表性。此首詩中的疊字，好比素手纖纖，機杼札札，一水盈盈，皆用得精妙，能巧妙地平衡虛和實的關係，既含蓄深遠又聲情並茂。

迢迢牽牛星

遙遠的牽牛星

皎潔的銀河織女

擺動纖纖素手，扎扎
扎……穿梭織布。

終日不成章，泣涕零
如雨。
河漢清且淺，相去復
幾許。
盈盈一水間，脈脈不
得語。

整日織卻織不出一幅布
來，哭得淚如雨下。

天河既清且淺，相隔有多遠呢？

可是這一水之隔使我倆含
情脈脈卻不能對話。

「終日不成章」

　　取《詩經・小雅・大東》語意，「跂彼織女，終日七襄。雖則七襄，不成報章。」形容織女雖不停地忙碌，但總是織不出一幅美麗的布來。

　　牛郎織女的故事，淒美動人，時至今日，農曆七月七日的乞巧節（又名七夕節、七巧節或七姐誕）就是從這傳說而來。

14
怨 歌 行

班婕妤

　　班婕妤，西漢時期著名女作家，為《漢書》班固的祖姑，這位古代才女不僅貌美，更兼有才德。漢成帝初年，班氏被選入宮，深受成帝寵信，被冊封為婕妤。後趙飛燕入宮，班婕妤逐漸失寵。

　　班氏作品，今僅存《怨歌行》、《自悼賦》、《搗素賦》三篇。《怨歌行》是五言詩中最早的詠物詩。詩人以團扇自喻，借團扇的遭遇比喻自己的悲慘命運，抒發了失寵婦女的痛苦心情。

　　這首詩的典型意義超出了漢代的局限，以「團扇」的比喻令人聯想到婦女在古代男子眼裏，只不過是一種家常用品，過時或變舊就有朝一日「秋扇見捐」。

　　初時的扇子不離君身，「涼風」到來，扇子則被棄在竹箱裏。「涼風」則是雙關丈夫對妻子的態度漸為冷漠。扇子的描寫句句扣住棄婦的命運。

　　這首詩道出了後來無數被棄的妻子、失寵的嬪妃等相同命運婦女的心聲。

新裂齊紈素，皎潔如霜雪。

裁為合歡扇，團團似明月。

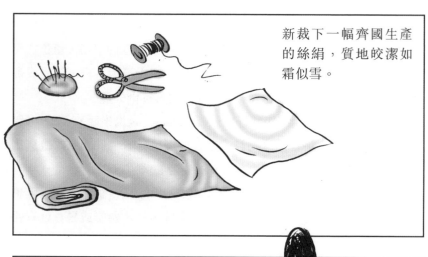

新裁下一幅齊國生產的絲絹，質地皎潔如霜似雪。

製成一柄「合歡扇」，團團的形狀猶如一輪明月。

怨歌行

出入君懷袖，動搖微
風發。
常恐秋節至，涼颸奪
炎熱。
棄捐篋笥中，恩情中
道絕。

郎君將它放入懷中袖裏，搖動之
際微風徐來。

心裏惶恐擔心秋天的到
來，涼風吹走炎夏。

合歡扇就會被棄置在竹箱裏，
往日恩情也就此中道而絕！

「新裂齊紈素」

「裂」：裁開，新裂就是新剪裁。

「齊紈素」：齊國出產的白綢絹。形容其品質一流。

漢朝時的齊國，紡織業異常發達，早於春秋戰國時期，其紡織品已是「冠帶衣履天下」。史載齊國的紡織品品種有近 20 種，其中的「齊紈」屬精品之一，生產地在山東臨淄。

關於「齊紈」，有一個「齊紈魯縞」的故事，話說齊國想滅魯，但總是一籌莫展，齊相管仲想出一條妙計，就是下令齊國官員，官服不要用齊紈而用魯縞（魯國生產的生絹）。此措施導致魯縞漲價，於是魯國上下全都紡織縞布而放棄農業生產。

一年後，管仲又下令齊國上下穿回齊紈，不得穿魯縞。這下子魯國破產了，錢沒有糧也沒有，只好向齊國投降稱臣。

15
陌 上 桑

佚 名

　　《陌上桑》是一首「漢樂府」詩，此詩幽默輕鬆，富有民間的喜劇色彩。但作者名字不詳。

　　漢武帝時設立樂府署，採集民間歌謠配上音樂以誦唱，於是「樂府」成為民間歌謠的代稱。

　　漢樂府的採集源於民間，故此很能反映當時的生活風格。

　　《陌上桑》又名《豔歌羅敷行》，這首東漢的樂府詩，女主人翁是一個貌美如花的採桑女，名為羅敷。路上遇到一位向她示好的太守，憑藉聰明機智，她杜撰出一位比這位太守更威風百倍的美男子「夫婿」，把太守直接比下去，灰溜溜的打發掉。

　　另一首東漢的樂府詩《孔雀東南飛》，其女主角也是同名同姓的秦羅敷，故此羅敷也就成了美女的代稱。

　　而成語「使君有婦，羅敷有夫」，其出處也來自這首《陌上桑》的名句：「使君自有婦，羅敷自有夫。」

日出東南隅，照我秦
氏樓。秦氏有好女，
自名為羅敷。
羅敷喜蠶桑，採桑城
南隅。青絲為籠係，
桂枝為籠鉤。
頭上倭墮髻，耳中明
月珠。緗綺為下裙，
紫綺為上襦。

太陽從東南方升起，照到秦家的小樓。秦家有位美麗的少女，自家取名叫羅敷。

羅敷喜歡養蠶和採桑，採桑的地點在城南側。

用青絲做籃子的絡繩，用桂枝做籃子的提柄。頭上梳一個墮馬髻，耳朵戴着珍珠耳環。身上穿杏黃色的裙子，紫色的上衣短襦。

陌上桑

行者見羅敷，下擔捋
髭鬚。少年見羅敷，
脫帽著帩頭。
耕者忘其犁，鋤者忘
其鋤。來歸相怒怨，
但坐觀羅敷。

行者看見羅敷，放下擔子
捋着鬍鬚。

少年人看見羅敷，脫帽整理
頭巾。

耕田的人忘記耕田，鋤地的人忘記鋤地。後
來互相埋怨，只為看羅敷沒有幹活。

陌上桑

使君從南來，五馬立踟躕。使君遣吏注，問是誰家姝。秦氏有好女，自名為羅敷。羅敷年幾何，二十尚不足，十五頗有餘。

使君（太守）從南面而來，拉車的五匹馬停下徘徊不前。

使君派遣小吏過去，問這是誰家的女孩？

是秦家的美少女，自家取名叫羅敷。

羅敷年幾何？

二十尚不足，十五頗有餘。

陌上桑

使君謝羅敷，寧可共
載不，羅敷前置辭。
使君一何愚。使君自
有婦，羅敷自有夫。

使君問羅敷，可願意與我共乘一車？

羅敷回話，使君你何
以愚蠢若此？

使君自有
婦，

羅敷自有
夫！

陌上桑

使君謝羅敷，寧可共載不，羅敷前置辭。使君一何愚。使君自有婦，羅敷自有夫。

使君問羅敷，可願意與我共乘一車？

羅敷回話，使君你何以愚蠢若此？

使君自有婦，

羅敷自有夫！

109

東方千餘騎，夫壻居上頭。何用識夫壻，白馬從驪駒。青絲繫馬尾，黃金絡馬頭。腰中鹿盧劍，可直千萬餘。

東方千餘騎，我夫君排列在最前頭。

怎樣識別我夫君呢？騎着白馬的他，後面跟着一匹小黑馬。馬尾繫着青絲，馬頭套着黃金籠頭。腰中佩着鹿盧劍，此劍價值千萬餘。

110

十五府小史，二十朝
大夫，三十侍中郎，
四十專城居。為人潔
白皙，鬢鬢頗有鬚。
盈盈公府步，冉冉府
中趨。坐中數千人，
皆言夫婿殊。

我夫君十五歲做小
官，二十歲入朝做大
夫，

三十歲官拜皇上
侍衛官，

四十歲封侯，成為
一城之主。

他相貌白皙，
有少許鬍鬚。

他步履穩重踱着方步，
從容不迫地出入官府。
在座的數千人，都稱讚
我夫君實在出色！

「秦氏有好女，自名為羅敷。」

漢樂府詩中，除了這首《陌上桑》之外尚有一首《孔雀東南飛》，女主角也是姓秦名羅敷。她們是否同一人呢？答案不是的。

有研究指出，《陌上桑》故事流傳在漢光武帝年間，而《孔雀東南飛》是漢獻帝時期，時間相差了百多年。

此羅敷不是彼羅敷，都是美女的代稱而已。

16
登 樓 賦

王 粲

　　王粲為「建安七子」之一，為賦素有抒情真摯、風格清麗等特點，劉勰譽之為「七子之冠冕」，在七子中成就最高，與曹植並稱「曹王」。

　　時值東漢末年，王粲抱用世之志，渴求明主，以求見用。奈何命運多舛，他未得劉表的重用。來到荊州的第十三個年頭，秋愁之際，王粲懷鄉情起，故登上當陽東南的麥城城樓，百感交集。除了鄉愁，王粲實際上亦有懷才不遇之感，遂寫下這篇流芳百世的名作。

　　全賦可分作三段，第一段由開首至「曾何足以少留」。此段中，作者直接道明登樓之目的是為了排解懷鄉憂愁。作者特別提到漳水、沮水等美景在前，無奈的是當前美景不足以銷憂，畢竟諸景再美也並不是故鄉物事，從而點明作者渴望銷去的是懷鄉愁緒。

　　第二段由「遭紛濁而遷逝兮」至「豈窮達而異心」。作者逃難至荊州已有十二年之久，滯留別地的苦楚，使作者念想起古人懷念故鄉的事例。孔子困陳、鍾儀滯晉、莊舄留楚，作者舉出種種對故鄉依戀難捨的故事，可見眷戀故鄉的強烈感情。

　　第三段由「唯日月之逾邁兮」至文末，作者申明自己擁有遠大的志向，希望天下太平、海晏河清之日盡快來臨，令自己有機會將胸懷的大志化成現實，通過施展抱負，脫離被投閒置散的困境。

　　本賦的章法嚴謹，全賦緊扣「憂」字。此賦另一特色是善用典故，如「昔尼父之在陳兮，有『歸與』之歎音；鍾儀幽而楚奏兮，莊舄顯而越吟」在此四句中已經用了三個典故。「尼父在陳」出自《論語‧公冶長》：「子在陳，曰：『歸與！歸與！』」借孔子思鄉寫王粲思鄉。而「鍾儀楚奏」及「莊舄越吟」分別出自《左傳‧成公九年》和《史記‧張儀

列傳》。

　　此外，《登樓賦》亦運用了大量對偶句。全賦共二十六聯，對偶句約佔全文七成。以對偶為主配以小量散句，不同於一般只求句句對偶的賦作，文章脈絡清晰，耳目一新。

登茲樓以四望兮，聊暇日以銷憂。覽斯宇之所處兮，實顯敞而寡仇。挾清漳之通浦兮，倚曲沮之長洲；背墳衍之廣陸兮，臨皋隰之沃流。

登上這城樓四處眺望，借此空閒聊以排解憂愁。看這座樓所處的環境，實在是明亮寬敞少有匹敵。

一邊挾帶着清澈漳水的浦口，一邊倚着彎曲沮水的長洲。背靠着高且平的廣大陸地，下臨低濕原野的豐沃水流。

登樓賦

北彌陶牧，西接昭
丘；華實蔽野，黍稷
盈疇。雖信美而非吾
土兮，曾何足以少
留？

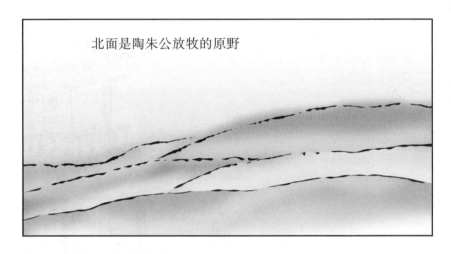

北面是陶朱公放牧的原野

西面連接着楚昭王的陵墓

花果遮蔽原野，農作物
遍佈田地。此景確實很
美，但並非我的故鄉，
怎值得作片刻之停留？

116

登樓賦

遭紛濁而遷逝兮，漫踰紀以迄今。情眷眷而懷歸兮，孰憂思之可任？憑軒檻以遙望兮，向北風而開襟。平原遠而極目兮，蔽荊山之高岑。路逶迤而修迴兮，川既漾而濟深。悲舊鄉之壅隔兮，涕橫墜而弗禁！

生逢亂世到處遷徙流亡，迄今已過十二年矣。念念不忘總想返回故鄉，這種憂思問誰能承受呢？

在城樓憑欄遙望，迎着北風我敞開了衣襟。

極目望向遠方平原，卻被高聳的荊山所遮蔽。道路曲折且漫長，河水蕩漾而深。悲歎故鄉兩地相隔，禁不住涕淚橫流。

117

昔尼父之在陳兮，有「歸與」之歎音；鍾儀幽而楚奏兮，莊舄顯而越吟。人情同於懷土兮，豈窮達而異心？

昔日孔子困在陳國時，曾發出「歸與」的哀歎。

回去吧！

回去吧！

鍾儀被幽禁（晉國）仍彈奏楚國樂曲。

莊舄（在楚國）做了大官仍說越國方言。人皆有懷念故土之情，豈會因窮困或騰達而變心。

唯日月之逾邁兮，俟河清其未極。冀王道之一平兮，假高衢而騁力。懼匏瓜之徒懸兮，畏井渫之莫食。步棲遲以徙倚兮，白日忽其將匿；風蕭瑟而並興兮，天慘慘而無色。獸狂顧以求羣兮，鳥相鳴而舉翼。

歲月流逝，仍等不到黃河水清。期望國家安定，憑藉太平盛世施展抱負。卻恐怕像那白白豎着的葫蘆瓜，又如井挖好了卻沒人打水吃。

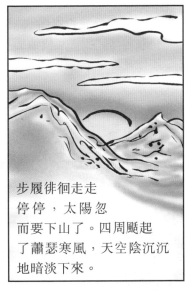

步履徘徊走走停停，太陽忽而要下山了。四周颳起了蕭瑟寒風，天空陰沉沉地暗淡下來。

野獸慌亂地四顧尋找同伴，鳥兒互相鳴叫鼓動着翅膀。

登樓賦

原野闃其無人兮，征
夫行而未息。心悽愴
以感發兮，意忉怛而
憯惻。循階除而下降
兮，氣交憤於胸臆。
夜參半而不寐兮，帳
盤桓以反側。

原野一片靜寂沒有遊人，但離家遠行的「征夫」
仍在趕路。我心裏悽愴而有所感觸，充滿了悲痛
淒慘之情。

沿着階梯走下城
樓，悶聲鬱結於
胸臆。

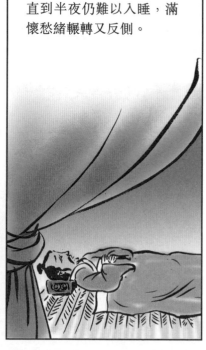

直到半夜仍難以入睡，滿
懷愁緒輾轉又反側。

「北彌陶牧，西接昭丘」

「陶牧」：春秋時越國大夫范蠡幫助越王勾踐滅吳，但他深知勾踐其人，可與之共患難，難與之同安樂。成功滅吳後，范蠡棄官出走，遷居陶，自稱陶朱公。湖北江陵西有陶朱公墓。

「昭丘」：昭王二十七年，楚昭王死於軍中，其墳墓在當陽郊外。

「昔尼父之在陳兮，有『歸與』之歎音」

據《論語・公冶長》記載，孔子周遊列國時，在陳地絕糧，曾歎息說：「歸與！歸與！」。尼父，或作「尼甫」，是對孔子的尊稱。古時常在男子字後加父字以示尊敬，因孔子字仲尼，故魯哀公稱其為尼父。作者以孔子比喻自己，以見思歸之情。

「鍾儀幽而楚奏兮，莊舃顯而越吟」

公元前 584 年，鍾儀隨楚國令尹子重攻打鄭國。據《左傳・成公九年》中提到，晉侯在軍中發現兩年前鄭國獻來的楚囚鍾儀。鍾儀彈奏南方楚調，晉侯認為他不忘故土，為了促進兩國和好，就禮送他回楚國。

《史記・陳軫傳》載，越人莊舃在楚國當上大官，病中思鄉，不忘吟誦越國方言。

17
陳 情 表

李　密

　　李密這篇《陳情表》，與諸葛亮《出師表》及韓愈的《祭十二郎文》齊名，是史上著名的「用情真摯」之作。三篇鴻文分別在忠君、孝親、慈幼的題目上發揮，然而文貴求真，用情極為深摯。文評家有云：「讀《出師表》不哭者不忠，讀《陳情表》不哭者不孝，讀《祭十二郎文》不哭者不慈。」

　　《陳情表》是蜀漢遺臣李密上表給晉武帝的公文，內容是因為要照顧年邁祖母，懇求免於出仕為官。

　　全文共分八段，首段追憶童年窘境，幸得祖母躬親撫養，才得以長大成人。

　　第二段強調人丁單薄，無親無故，而祖母病重，除了自己親侍湯藥，實在沒有其他援手。

　　第三段首先頌讚當今皇上之聖朝，接着敍述得蒙賞識，先後接到「出仕」公文。

　　第四段陳述州官臨門，催促赴任，但祖母卻病情日重，陷於進退兩難之處境。

　　第五段突顯當朝以孝治天下，而自己「況臣孤苦，特為尤甚」。緊接着是唯恐陛下有所誤會，重點澄清自己得蒙拔擢，真沒世之鴻恩，豈敢故意盤桓，希冀名節！

　　第六段又回到祖母之病情，強調「母孫二人，更相為命，是以區區不能廢遠」。

　　第七段以反哺比喻，點出陳情主旨，希望對祖母盡奉養之孝。

　　最後一段，希望晉帝批准他的請求！若能侍奉祖母安終殘年，立

誓生當隕首以效忠，死當結草以報德。這篇情真意切的文章，終於打動了晉武帝，不再逼召他出仕，更賜他奴婢二人，又命郡縣奉其膳食。

陳情表

臣李密言：臣命運不佳，幼逢不幸，生下來只六個月，父親就去世了。

到了四歲，舅父逼迫母親改嫁。祖母劉氏憐惜我孤單弱小，親自加以撫養。

臣自小多病，九歲仍不能走路，孤苦伶仃，直到長大成人。

124

既無叔伯，終鮮兄弟，門衰祚薄，晚有兒息。外無期功彊近之親，內無應門五尺之童。煢煢獨立，形影相弔。而劉夙嬰疾病，常在牀蓐。而臣侍湯藥，未曾廢離。

既無叔伯，又無兄弟，門庭衰微福澤淺薄，直到年紀很大的時候才有了兒子。

在外沒有近親，在內也沒有僮僕，孤獨無依，只有身影相伴。

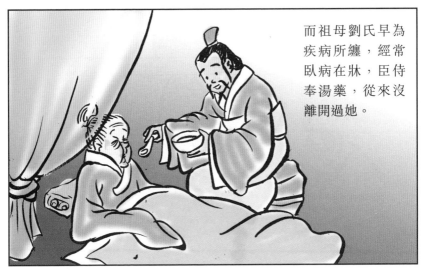

而祖母劉氏早為疾病所纏，經常臥病在牀，臣侍奉湯藥，從來沒離開過她。

陳情表

到了聖朝建立，我沐浴在清明教化之中。前些時有太守逵推薦臣為孝廉，後來刺史榮又推薦臣為秀才。

推薦你做孝廉！

推薦你做秀才！

臣下因為沒有人照顧祖母，所以辭不赴命。

恕不能從命，心領了！

朝廷的詔書特地發下，拜臣為郎中。又不久受國家恩典，任命臣下為太子洗馬（官名）。

猥以微賤，當侍東宮，非臣隕首所能上報。臣具以表聞，辭不就職。詔書切峻，責臣逋慢；郡縣逼迫，催臣上道；州司臨門，急於星火。臣欲奉詔奔馳，則劉病日篤；欲苟順私情，則告訴不許。臣之進退，實為狼狽！

以我這樣微賤，能夠服侍太子，實在不是我殺身捨命能夠報答朝廷的恩典。

我將把不能赴任的苦衷上表報告，辭不就職。詔書急切嚴峻，責臣下迴避怠慢。郡縣長官催促我立刻上路，州官臨門，急如星火。

臣下也想奉詔奔馳，但祖母病情日重，欲顧念親情，又不被允許！臣之進退，實為狼狽。

伏惟聖朝以孝治天下，凡在故老，猶蒙矜育，況臣孤苦，特為尤甚。且臣少仕偽朝，歷職郎署。本圖宦達，不矜名節。今臣亡國賤俘，至微至陋，過蒙拔擢，寵命優渥，豈敢盤桓，有所希冀？

念及聖朝以孝道治天下，凡在世老人，猶蒙憐惜撫育，何況臣下孤苦，特為尤甚。

且臣下年輕時曾做過蜀漢的官員，本圖仕途亨通，並不看重名譽節操。

今臣亡國賤俘，至微至陋，過蒙提拔，而且恩命十分優厚，又豈敢徘徊觀望而有所要求呢？

但以劉日薄西山，氣息奄奄，人命危淺，朝不慮夕。臣無祖母，無以至今日；祖母無臣，無以終餘年。母孫二人，更相為命，是以區區不能廢遠。

只因祖母劉氏，已像日落西山，氣色奄奄，人命危淺，朝不慮夕。臣無祖母，無以至今日；祖母無臣，無以終餘年。

母孫二人，相依為命。是以區區在下不能放棄撫養之責而遠離祖母。

陳情表

臣密今年四十有四，祖母劉今年九十有六。是臣盡節於陛下之日長，報養劉之日短也。烏鳥私情，願乞終養。

臣李密今年四十有四，祖母劉氏九十有六。

正是臣下盡節於陛下之日長，報答祖母盡孝之日短也！

我懷着烏鴉反哺的私情，望能准我完成對祖母養老送終的心願。

130

陳情表

臣之辛苦，非獨蜀之人士，及二州牧伯，所見明知；皇天后土，實所共鑒。願陛下矜愍愚誠，聽臣微志。庶劉僥倖，卒保餘年。臣生當隕首，死當結草。臣不勝犬馬怖懼之情，謹拜表以聞。

臣下之苦衷，不僅蜀地之人士，及二州之長官所見所知，連皇天后土，也實所共鑒。

願陛下憐憫我的愚誠，滿足臣下這點微小的願望，使祖母劉氏能夠僥倖地保全她的餘生。臣下生時願獻出性命，死後則結草來報答。臣下懷着犬馬一樣不勝惶恐的心情，謹此上表稟告。

註　釋

「除臣洗馬」

　　語出《晉書‧職官志》「洗馬八人，職如謁者祕書，掌圖籍。釋奠講經則掌其事，出則直者前驅，導威儀。」。

　　《唐六典》亦有相關記載「晉太子詹事屬官太子洗馬八人，掌皇太子圖籍經書……絳朝服，進賢一梁冠，黑介幘。」

　　由此可知，「洗馬」是一個晉朝官職，屬於太子官屬，即東宮官。

　　此外，「洗馬」也就是「先馬」，意思是在馬前作先導、輔助之意，輔佐太子。

「烏鳥私情」

　　傅咸《申懷賦》有曰「盡烏鳥之至情，竭歡敬于膝下。」。

　　《周禮‧夏官‧羅氏》：「羅氏掌羅烏鳥。」鄭玄注：「烏謂卑居，鵲之屬。」賈公彥疏：「卑居雅烏云鵲者，即山鵲卑居之類。」

　　烏鳥，即烏鴉之屬。古稱「烏鳥反哺」，以喻孝親之人子，奉養之孝。

「死當結草」

　　「死當結草」出自《左傳‧宣公十五年》：「及輔氏之役，顆見老人，結草以亢杜回。杜回躓而顛，故獲之。」。

　　春秋時代晉國大夫魏武子有個愛妾。他生病時囑咐兒子魏顆，在他死後幫助愛妾改嫁。後來魏武子病危時，卻對魏顆說要這個愛妾殉葬。

　　魏武子死後，魏顆把父親的愛妾改嫁，原因是病重時會亂說話，所以只聽從魏武子清醒時的吩咐。

　　魏顆後來領軍抗秦。兩軍交戰中，魏顆看到一個老人把草打結，令秦國大力士杜回被絆而倒下，因此俘獲杜回，立下大功。晚上，老人報夢，指他是那個愛妾的父親。因魏顆採用先人合理的遺命，使女兒的性命得保，故此來報答魏顆云云。「結草」就是死後報恩的意思。

18
出 師 表

諸葛亮

《出師表》是三國時諸葛亮領軍出征前，寫給後主劉禪的「公文」。

後來，諸葛亮再次北伐，又寫下另一篇《出師表》呈上劉後主。由於有前後兩篇《出師表》，遂分為《前出師表》和《後出師表》。

若只說《出師表》者，一般指《前出師表》，即本篇。

諸葛亮實在有點擔心，他不在都城坐鎮，少主便會胡來！所以這《出師表》除了分析當下形勢，蜀國不得不北伐的理由外，更對少主指出治國方略：一、廣開言路，納諫如流；二、執法公平，賞罰一致；三、善用人才，各安其位；四、親近賢臣，疏遠小人。

諸葛亮向少主提點「治國之道」，後推薦文武官員輔助安國。雖說是「提點」少主，但行文又要顧上君臣之禮，否則得罪皇上可不是說笑的！

《出師表》行文不亢不卑，中含玄機，非常得體。

諸葛亮這《出師表》中，忽地來一段「臣本布衣，躬耕於南陽⋯⋯」的自表心跡，好像有點離題，但實有必要。因這《出師表》的最大「任務」，其實是希望這位少主「親賢人而遠小人」，故由布衣平生說到奉命於危難，意在指出家國之得來不易，叮囑不可輕忽朝政。

本文雖以古文寫成，但文字相當淺白，甚少艱深用字，亦不用典故。故此漫畫之「白話解讀」有時乾脆使用原文，亦一清二楚，易讀易懂。

《出師表》集敍事、說理、抒情於一文，而井然有序，結構嚴謹，實古文中之上品佳作。

先帝創業未半，而中道崩殂；今天下三分，益州疲弊，此誠危急存亡之秋也！然侍衛之臣，不懈於內；忠志之士，忘身於外者，蓋追先帝之殊遇，欲報之於陛下也。

先帝復興漢室的事業不到一半就去世了。

先帝之靈

如今天下三分……

而我們蜀國國力困乏衰微，這實在是形勢危急、生死存亡的關鍵時刻啊！幸而，內有朝臣盡忠職守，外有忠誠將士效力邊疆。

誠宜開張聖聽，以光先帝遺德，恢弘志士之氣，不宜妄自菲薄，引喻失義，以塞忠諫之路也。

這是因為他們追念先帝對其知遇之恩……

欲報答於陛下你啊！

故陛下應廣泛地聽取意見，以弘揚先帝留下來的美德。

弘揚有志者之士氣，不要看輕自己，不要說不合道理的話，以致堵塞忠臣勸諫的管道！

宮中，府中，俱為一體；陟罰臧否，不宜異同。若有作姦犯科，及為忠善者，宜付有司，論其刑賞，以昭陛下平明之治；不宜偏私，使內外異法也。

皇宮裏的人和丞相府裏的人，都是一個整體。

升與降，賞與罰都要同一標準！

如有作奸犯科的……

忠良好善的……

侍中、侍郎郭攸之、費禕、董允等，此皆良實，志慮忠純，是以先帝簡拔以遺陛下。愚以為宮中之事，事無大小，悉以咨之，然後施行，必得裨補闕漏，有所廣益。

都交由有關官員，對其處分或獎賞。

以表明陛下公正、開明和不偏私，使法律內外一致。

侍中郭攸之、費禕、侍郎董允等都是誠實的忠臣……

是先帝選拔留下來輔助陛下的。

愚見認為，宮中無論大小事情，跟他們商量後才進行，必可補漏增益。

出師表

將軍向寵，性行淑均，曉暢軍事，試用於昔日，先帝稱之曰「能」，是以眾議舉寵為督。愚以為營中之事，事無大小，悉以咨之，必能使行陣和睦，優劣得所。

將軍向寵，善良公正，精通軍事……

試用於昔，先帝稱之曰：

能！

所以大家都推舉向寵作都督。愚以為營中之事，若諮詢他的意見，一定能使到軍中和睦，並且知人善任。

親賢臣，遠小人，此先漢所以興隆也；親小人，遠賢臣，此後漢所以傾頹也。先帝在時，每與臣論此事，未嘗不歎息痛恨於桓、靈也！侍中、尚書、長史、參軍，此悉貞良死節之臣，願陛下親之、信之，則漢室之隆，可計日而待也。

親賢人，遠小人，這是先漢興隆的原因。

親小人，遠賢人，此乃後漢之所以衰敗也！

先帝在時，每與臣論此事，未嘗不歎息痛恨桓帝、靈帝的……

侍中、尚書、長史、參軍，都是貞良死節之臣，願陛下親之、信之，則蜀漢興隆指日可待！

臣本布衣，躬耕於南陽，苟全性命於亂世，不求聞達於諸侯。先帝不以臣卑鄙，猥自枉屈，三顧臣於草廬之中，諮臣以當世之事；由是感激，遂許先帝以驅馳。後值傾覆，受任於敗軍之際，奉命於危難之間，爾來二十有一年矣。

微臣是一介布衣平民，在南陽種田，於亂世中苟存性命，不求在諸侯面前顯揚名聲……

先帝不因我出身低微，竟然委屈自己三顧草廬，商討當世之事。

擺甚麼款？一腳踹開他的狗窩就是了！

因此我十分感激，遂為先帝奔走效勞。後來先帝戰場失利，我奉命於危難之間，已有二十一年了……

先帝知臣謹慎，故臨崩寄臣以大事也。受命以來，夙夜憂慮，恐託付不效，以傷先帝之明。故五月渡瀘，深入不毛。今南方已定，兵甲已足，當獎率三軍，北定中原，庶竭駑鈍，攘除姦兇，興復漢室，還於舊都。

先帝知我謹慎，故臨終交託重任於我。

受命以來，朝夕擔憂，唯恐有負所託，壞了先帝英名。

所以我在五月渡過瀘水，深入不毛之地作戰。今南方已平定，兵甲已充足。當獎率三軍，北定中原，希望竭盡我平庸之才，消滅姦邪兇惡的敵人。復興漢朝，還都洛陽。

出師表

此臣所以報先帝而忠陛下之職分也。至於斟酌損益，進盡忠言，則攸之、褘、允之任也。

這就是我報答先帝和盡忠陛下的職責本分。

至於考慮政事和提出忠言的……

就是郭攸之、費褘和董允的責任了！

重任

願陛下託臣以討賊興
復之效；不效，則治
臣之罪，以告先帝之
靈。若無興德之言，
則責攸之、禕、允等
之慢，以彰其咎。陛
下亦宜自謀，以諮諏
善道，察納雅言，
深追先帝遺詔。臣不
勝受恩感激。今當遠
離，臨表涕零，不知
所言！

願陛下託臣以討賊興復漢室的責任，若不成功，請治我罪，以告先帝之靈。

如果沒有興發陛下聖德的忠言，那就責罰郭攸之、費禕和董允的怠慢，以彰其咎！

陛下也應當自己思考，徵詢治國之道，採納正確的意見，深切追隨先帝遺命……

臣不勝受恩感激。今當遠離，臨表涕零，不知所言。

「引喻失義」

援引例證但不恰當。義：正道，正理。

「陟罰臧否，不宜異同」

升降賞罰，不可存在分別。陟，升遷。罰，貶職。臧，褒揚。否，批評。

「未嘗不歎息痛恨於桓、靈也」

桓、靈乃東漢桓帝劉志和靈帝劉宏，兩君用人不當，寵信宦官，政治腐敗，造成漢末大亂。

「不知所言」

一作「不知所云」。奏表中常用的委婉結束語。

十八篇古文經典

木蘭詩　　　　　　　　　　　　佚名

　　唧唧復唧唧，木蘭當戶織。不聞機杼聲，惟聞女歎息。問女何所思，問女何所憶。「女亦無所思，女亦無所憶。昨夜見軍帖，可汗大點兵。軍書十二卷，卷卷有爺名。阿爺無大兒，木蘭無長兄。願為市鞍馬，從此替爺征。」

　　東市買駿馬，西市買鞍韉，南市買轡頭，北市買長鞭。旦辭爺娘去，暮宿黃河邊；不聞爺娘喚女聲，但聞黃河流水鳴濺濺。旦辭黃河去，暮至黑山頭；不聞爺娘喚女聲，但聞燕山胡騎聲啾啾。

　　萬里赴戎機，關山度若飛。朔氣傳金柝，寒光照鐵衣。將軍百戰死，壯士十年歸。

　　歸來見天子，天子坐明堂。策勳十二轉，賞賜百千彊。可汗問所欲，「木蘭不用尚書郎；願借明駝千里足，送兒還故鄉。」

　　爺娘聞女來，出郭相扶將。阿姊聞妹來，當戶理紅妝。小弟聞姊來，磨刀霍霍向豬羊。開我東閣門，坐我西閣牀；脫我戰時袍，著我舊時裳；當窗理雲鬢，對鏡帖花黃。出門看火伴，火伴皆驚惶：「同行十二年，不知木蘭是女郎！」

　　雄兔腳撲朔，雌兔眼迷離；兩兔傍地走，安能辨我是雄雌？

桃花源記　　　　　　　　　　　陶潛

　　晉太元中，武陵人，捕魚為業。緣溪行，忘路之遠近。忽逢桃花林，夾岸數百步，中無雜樹，芳草鮮美，落英繽紛，漁人甚異之。復前行，欲窮其林。

　　林盡水源，便得一山。山有小口，彷彿若有光。便舍船，從口入。初極狹，才通人。復行數十步，豁然開朗，土地平曠，屋舍儼然，有良田、美池、桑、竹之屬，阡陌交通，雞犬相聞。其中往來種作，男女衣着，悉如外人。黃髮、垂髫，並怡然自樂。

　　見漁人，乃大驚，問所從來。具答之。便要還家，設酒、殺雞，作食。村中聞有此人，咸來問訊。自云：先世避秦時亂，率妻子邑人來此絕境，不復出焉；遂與外人間隔。問今是何世，乃不知有漢，無論魏、晉。此人一一為具言所聞，皆歎惋。餘人各復延至其家，皆出酒食。停數日，辭去。此中人語云：「不足為外人道也。」

　　既出，得其船，便扶向路，處處誌之。及郡下，詣太守，說如此。太守即遣人隨其往，尋向所誌，遂迷不復得路。

　　南陽劉子驥，高尚士也，聞之，欣然規往，未果。尋病終，後遂無問津者。

短歌行　　　　　　　　　　　　曹操

> 對酒當歌，人生幾何？譬如朝露，去日苦多。
> 慨當以慷，憂思難忘。何以解憂？唯有杜康。
> 青青子衿，悠悠我心。但為君故，沉吟至今。
> 呦呦鹿鳴，食野之苹。我有嘉賓，鼓瑟吹笙。
> 明明如月，何時可掇？憂從中來，不可斷絕。
> 越陌度阡，枉用相存。契闊談讌，心念舊恩。
> 月明星稀，烏鵲南飛。繞樹三匝，何枝可依？
> 山不厭高，海不厭深。周公吐哺，天下歸心。

飲馬長城窟行　　　　　　　　　　陳琳

> 　飲馬長城窟，水寒傷馬骨。往謂長城吏：「慎莫稽留太原卒。」
> 「官作自有程，舉築諧汝聲。」「男兒寧當格鬥死，何能怫鬱築長城？」
> 長城何連連，連連三千里。邊城多健少，內舍多寡婦。作書與內舍：
> 「便嫁莫留住。善事新姑嫜，時時念我故夫子。」報書往邊地：「君今
> 出語一何鄙！」「身在禍難中，何為稽留他家子？生男慎莫舉，生女
> 哺用脯。君獨不見長城下，死人骸骨相撐拄。」「結髮行事君，慊慊
> 心意關。明知邊地苦，賤妾何能久自全。」

歸去來辭 並序　　　　　　　陶潛

余家貧，耕植不足以自給。幼稚盈室，缾無儲粟，生生所資，未見
其術。親故多勸余為長吏，脫然有懷，求之靡途。會有四方之事，諸侯
以惠愛為德，家叔以余貧苦，遂見用於小邑。于時風波未靜，心憚遠役，
彭澤去家百里，公田之利，足以為酒，故便求之。及少日，眷然有歸歟
之情。何則？質性自然，非矯厲所得。飢凍雖切，違己交病。嘗從人事，
皆口腹自役。於是悵然慷慨，深愧平生之志。猶望一稔，當斂裳宵逝。
尋程氏妹喪于武昌，情在駿奔，自免去職。仲秋至冬，在官八十餘日。
因事順心，命篇曰《歸去來兮》。乙巳歲十一月也。

歸去來兮，田園將蕪胡不歸？既自以心為形役，奚惆悵而獨悲！悟
已往之不諫，知來者之可追；實迷途其未遠，覺今是而昨非。舟遙遙以
輕颺，風飄飄而吹衣。問征夫以前路。恨晨光之熹微。

乃瞻衡宇，載欣載奔。僮僕歡迎，稚子候門。三逕就荒，松菊猶存。
攜幼入室，有酒盈罇。引壺觴以自酌，眄庭柯以怡顏。倚南窗以寄傲，
審容膝之易安。園日涉以成趣，門雖設而常關。策扶老以流憩，時矯首
而遐觀。雲無心以出岫，鳥倦飛而知還。景翳翳以將入，撫孤松而盤桓。

歸去來兮，請息交以絕遊。世與我而相違，復駕言兮焉求？悅親戚
之情話，樂琴書以消憂。農人告余以春及，將有事於西疇。或命巾車，
或棹孤舟。既窈窕以尋壑，亦崎嶇而經丘。木欣欣以向榮，泉涓涓而始
流。善萬物之得時，感吾生之行休。

　　已矣乎，寓形宇內復幾時，曷不委心任去留？胡為乎遑遑欲何之？富貴非吾願，帝鄉不可期。懷良辰以孤往，或植杖而耘耔。登東皋以舒嘯，臨清流而賦詩。聊乘化以歸盡，樂夫天命復奚疑。

贈白馬王彪　並序　　　　　　　　曹植

　　黃初四年五月，白馬王、任城王與余俱朝京師，會節氣。到洛陽，任城王薨。至七月，與白馬王還國。後有司以二王歸藩，道路宜異宿止，意毒恨之。蓋以大別在數日，是用自剖，與王辭焉，憤而成篇。

　　謁帝承明廬，逝將歸舊疆。清晨發皇邑，日夕過首陽。伊洛廣且深，欲濟川無梁。泛舟越洪濤，怨彼東路長。顧瞻戀城闕，引領情內傷。

　　太谷何寥廓，山樹鬱蒼蒼。霖雨泥我塗，流潦浩縱橫。中逵絕無軌，改轍登高岡。修坂造雲日，我馬玄以黃。

　　玄黃猶能進，我思鬱以紆。鬱紆將何念？親愛在離居。本圖相與偕，中更不克俱。鴟梟鳴衡軛，豺狼當路衢。蒼蠅間白黑，讒巧令親疏。欲還絕無蹊，攬轡止踟躕。

　　踟躕亦何留？相思無終極。秋風發微涼，寒蟬鳴我側。原野何蕭條，白日忽西匿。歸鳥赴喬林，翩翩厲羽翼。孤獸走索群，銜草不遑食。感物傷我懷，撫心長太息。

　　太息將何為？天命與我違。奈何念同生，一往形不歸。孤魂翔故域，靈柩寄京師。存者忽復過，亡歿身自衰。人生處一世，去若朝露晞。

年在桑榆間，影響不能追。自顧非金石，咄喑令心悲。

　　心悲動我神，棄置莫復陳。丈夫志四海，萬里猶比鄰。恩愛苟不虧，在遠分日親。何必同衾幬，然後展殷勤。憂思成疾疢，無乃兒女仁！倉卒骨肉情，能不懷苦辛。

　　苦辛何慮思？天命信可疑。虛無求列仙，松子久吾欺。變故在斯須，百年誰能持？離別永無會，執手將何時？王其愛玉體，俱享黃髮期。收淚即長路，援筆從此辭。

蘭亭集序　　　　　　　　　　王羲之

　　永和九年，歲在癸丑，暮春之初，會于會稽山陰之蘭亭，修禊事也。羣賢畢至，少長咸集。此地有崇山峻嶺，茂林修竹；又有清流激湍，映帶左右。引以為流觴曲水，列坐其次；雖無絲竹管絃之盛，一觴一詠，亦足以暢敘幽情。

　　是日也，天朗氣清，惠風和暢；仰觀宇宙之大，俯察品類之盛，所以游目騁懷，足以極視聽之娛，信可樂也！

　　夫人之相與，俯仰一世，或取諸懷抱，晤言一室之內；或因寄所託，放浪形骸之外。雖趨舍萬殊，靜躁不同；當其欣于所遇，暫得于己，快然自足，不知老之將至。及其所之既倦，情隨事遷，感慨係之矣。向之所欣，俛仰之間，以為陳迹，猶不能不以之興懷；況修短隨化，終期于盡。古人云：「死生亦大矣」，豈不痛哉！

　　每覽昔人興感之由，若合一契；未嘗不臨文嗟悼，不能喻之于懷。固知一死生為虛誕，齊彭殤為妄作。後之視今，亦猶今之視昔，悲夫！故列敘時人，錄其所述。雖世殊事異，所以興懷，其致一也。後之覽者，亦將有感於斯文。

飲酒（其五） 　　　　陶潛

結廬在人境，而無車馬喧。
問君何能爾？心遠地自偏。
採菊東籬下，悠然見南山。
山氣日夕佳，飛鳥相與還。
此中有真意，欲辨已忘言。

詠荊軻 　　　　陶潛

燕丹善養士，志在報強嬴。招集百夫良，歲暮得荊卿。
君子死知己，提劍出燕京。素驥鳴廣陌，慷慨送我行。
雄髮指危冠，猛氣衝長纓。飲餞易水上，四座列群英。
漸離擊悲筑，宋意唱高聲。蕭蕭哀風逝，淡淡寒波生。
商音更流涕，羽奏壯士驚。心知去不歸，且有後世名。
登車何時顧，飛蓋入秦庭。凌厲越萬里，逶迤過千城。
圖窮事自至，豪主正怔營。惜哉劍術疏，奇功遂不成。
其人雖已沒，千載有餘情。

與宋元思書　　　　　　　　吳均

　　風煙俱淨，天山共色，從流飄蕩，任意東西。自富陽至桐廬，一百許里，奇山異水，天下獨絕。

　　水皆縹碧，千丈見底；游魚細石，直視無礙。急湍甚箭，猛浪若奔。夾岸高山，皆生寒樹。負勢競上，互相軒邈，爭高直指，千百成峰。泉水激石，泠泠作響。好鳥相鳴，嚶嚶成韻。蟬則千轉不窮，猨則百叫無絕。鳶飛戾天者，望峰息心；經綸世務者，窺谷忘反。橫柯上蔽，在晝猶昏；疎條交映，有時見日。

管寧華歆共園中鋤菜 (節錄)　　　劉義慶

　　管寧、華歆共園中鋤菜，見地有片金，管揮鋤與瓦石不異，華捉而擲去之。又嘗同席讀書，有乘軒冕過門者，寧讀如故，歆廢書出看。寧割席分坐曰：「子非吾友也。」

謝太傅寒雪日內集　　　　　　劉義慶

　　謝太傅寒雪日內集，與兒女講論文義。俄而雪驟，公欣然曰：「白雪紛紛何所似？」兄子胡兒曰：「撒鹽空中差可擬。」兄女曰：「未若柳絮因風起。」公大笑樂。

行行重行行 　　　　　　　佚名

行行重行行，與君生別離。相去萬餘里，各在天一涯。
道路阻且長，會面安可知？胡馬依北風，越鳥巢南枝！
相去日已遠，衣帶日已緩。浮雲蔽白日，遊子不顧返。
思君令人老，歲月忽已晚。棄捐勿復道，努力加餐飯！

迢迢牽牛星 　　　　　　　佚名

迢迢牽牛星，皎皎河漢女。
纖纖擢素手，札札弄機杼。
終日不成章，泣涕零如雨。
河漢清且淺，相去復幾許。
盈盈一水間，脈脈不得語。

怨歌行 　　　　　　　班婕妤

新裂齊紈素，皎潔如霜雪。
裁為合歡扇，團團似明月。
出入君懷袖，動搖微風發。
常恐秋節至，涼飆奪炎熱。
棄捐篋笥中，恩情中道絕。

陌上桑　　　　　　　　佚名

日出東南隅，照我秦氏樓。秦氏有好女，自名為羅敷。
羅敷喜蠶桑，採桑城南隅。青絲為籠係，桂枝為籠鉤。
頭上倭墮髻，耳中明月珠。緗綺為下帬，紫綺為上襦。
行者見羅敷，下擔捋髭鬚。少年見羅敷，脫帽著帩頭。
耕者忘其犁，鋤者忘其鋤。來歸相怒怨，但坐觀羅敷。
使君從南來，五馬立踟躕。使君遣吏往，問是誰家姝。
秦氏有好女，自名為羅敷。羅敷年幾何，二十尚不足，
十五頗有餘。使君謝羅敷，寧可共載不，羅敷前置辭。
使君一何愚。使君自有婦，羅敷自有夫。東方千餘騎，
夫婿居上頭。何用識夫婿，白馬從驪駒。青絲繫馬尾，
黃金絡馬頭。腰中鹿盧劍，可直千萬餘。十五府小史，
二十朝大夫，三十侍中郎，四十專城居。為人潔白皙，
鬑鬑頗有鬚。盈盈公府步，冉冉府中趨。坐中數千人，
皆言夫婿殊。

登樓賦　　　　　　　　　　王粲

　　登茲樓以四望兮，聊暇日以銷憂。覽斯宇之所處兮，實顯敞而寡仇。挾清漳之通浦兮，倚曲沮之長洲；背墳衍之廣陸兮，臨皋隰之沃流。北彌陶牧，西接昭丘；華實蔽野，黍稷盈疇。雖信美而非吾土兮，曾何足以少留？

　　遭紛濁而遷逝兮，漫踰紀以迄今。情眷眷而懷歸兮，孰憂思之可任？憑軒檻以遙望兮，向北風而開襟。平原遠而極目兮，蔽荊山之高岑。路逶迤而修迥兮，川既漾而濟深。悲舊鄉之壅隔兮，涕橫墜而弗禁！昔尼父之在陳兮，有「歸與」之歎音；鍾儀幽而楚奏兮，莊舄顯而越吟。人情同於懷土兮，豈窮達而異心？

　　唯日月之逾邁兮，俟河清其未極。冀王道之一平兮，假高衢而騁力。懼匏瓜之徒懸兮，畏井渫之莫食。步棲遲以徙倚兮，白日忽其將匿；風蕭瑟而並興兮，天慘慘而無色。獸狂顧以求羣兮，鳥相鳴而舉翼。原野闃其無人兮，征夫行而未息。心悽愴以感發兮，意忉怛而憯惻。循階除而下降兮，氣交憤於胸臆。夜參半而不寐兮，悵盤桓以反側。

陳情表 李密

　　臣密言：臣以險釁，夙遭閔凶，生孩六月，慈父見背，行年四歲，舅奪母志。祖母劉，愍臣孤弱，躬親撫養。臣少多疾病，九歲不行；零丁孤苦，至于成立。既無叔伯，終鮮兄弟，門衰祚薄，晚有兒息。外無期功彊近之親，內無應門五尺之童。煢煢獨立，形影相弔。而劉夙嬰疾病，常在牀蓐；臣侍湯藥，未曾廢離。

　　逮奉聖朝，沐浴清化。前太守臣逵，察臣孝廉；後刺史臣榮，舉臣秀才；臣以供養無主，辭不赴命。詔書特下，拜臣郎中；尋蒙國恩，除臣洗馬。猥以微賤，當侍東宮，非臣隕首所能上報。臣具以表聞，辭不就職。詔書切峻，責臣逋慢；郡縣逼迫，催臣上道；州司臨門，急於星火。臣欲奉詔奔馳，則劉病日篤；欲苟順私情，則告訴不許。臣之進退，實為狼狽！

　　伏惟聖朝以孝治天下，凡在故老，猶蒙矜育，況臣孤苦，特為尤甚。且臣少仕偽朝，歷職郎署。本圖宦達，不矜名節。今臣亡國賤俘，至微至陋，過蒙拔擢，寵命優渥，豈敢盤桓，有所希冀？但以劉日薄西山，氣息奄奄，人命危淺，朝不慮夕。臣無祖母，無以至今日；祖母無臣，無以終餘年。母孫二人，更相為命，是以區區不能廢遠。

　　臣密今年四十有四，祖母劉今年九十有六。是臣盡節於陛下之日長，報養劉之日短也。烏鳥私情，願乞終養。臣之辛苦，非獨蜀之人士，及二州牧伯，所見明知；皇天后土，實所共鑒。願陛下矜愍愚誠，聽臣微志。庶劉僥倖，卒保餘年。臣生當隕首，死當結草。臣不勝犬馬怖懼之情，謹拜表以聞。

出師表　　　　　　　　諸葛亮

先帝創業未半，而中道崩殂；今天下三分，益州疲弊，此誠危急存亡之秋也！然侍衛之臣，不懈於內；忠志之士，忘身於外者，蓋追先帝之殊遇，欲報之於陛下也。誠宜開張聖聽，以光先帝遺德，恢弘志士之氣；不宜妄自菲薄，引喻失義，以塞忠諫之路也。宮中、府中，俱為一體；陟罰臧否，不宜異同。若有作姦犯科，及為忠善者，宜付有司，論其刑賞，以昭陛下平明之治；不宜偏私，使內外異法也。侍中、侍郎郭攸之、費禕、董允等，此皆良實，志慮忠純，是以先帝簡拔以遺陛下。愚以為宮中之事，事無大小，悉以咨之，然後施行，必得裨補闕漏，有所廣益。將軍向寵，性行淑均，曉暢軍事，試用於昔日，先帝稱之曰「能」，是以眾議舉寵為督。愚以為營中之事，事無大小，悉以咨之，必能使行陣和睦，優劣得所。親賢臣，遠小人，此先漢所以興隆也；親小人，遠賢臣，此後漢所以傾頹也。先帝在時，每與臣論此事，未嘗不歎息痛恨於桓、靈也！侍中、尚書、長史、參軍，此悉貞良死節之臣，願陛下親之、信之，則漢室之隆，可計日而待也。

臣本布衣，躬耕於南陽，苟全性命於亂世，不求聞達於諸侯。先帝不以臣卑鄙，猥自枉屈，三顧臣於草廬之中，諮臣以當世之事；由是感激，遂許先帝以驅馳。後值傾覆，受任於敗軍之際，奉命於危難之間，爾來二十有一年矣。先帝知臣謹慎，故臨崩寄臣以大事也。

受命以來，夙夜憂慮，恐託付不效，以傷先帝之明。故五月渡瀘，深入不毛。今南方已定，兵甲已足，當獎率三軍，北定中原，庶竭駑

鈍，攘除姦兇，興復漢室，還於舊都。此臣所以報先帝而忠陛下之職分也。至於斟酌損益，進盡忠言，則攸之、禕、允之任也。願陛下託臣以討賊興復之效；不效，則治臣之罪，以告先帝之靈。若無興德之言，則責攸之、禕、允等之慢，以彰其咎。陛下亦宜自謀，以諮諏善道，察納雅言，深追先帝遺詔。臣不勝受恩感激。今當遠離，臨表涕零，不知所言！